Usch Luhn

Maxie und ein Kater mit Köpfchen

© Foto: privat

Usch Luhn wuchs in der Steiermark in Österreich auf. Sie studierte Kommunikationswissenschaften in Berlin, absolvierte eine Ausbildung zur Drehbuchautorin und Filmdramaturgin und arbeitete mehrere Jahre beim Radio und fürs Kinderfernsehen. Mittlerweile hat sie schon über 30 Bücher geschrieben, und zahlreiche davon wurden in andere Sprachen übersetzt.

© Foto: privat

Nina Dullek zeichnet schon, seit sie einen Stift halten kann. Sie ist verheiratet und Mutter von drei Kindern. Sie liebt Wassermelonen und MezzoMix und weiße Blätter, die zur Bekritzelung freigegeben sind.

Usch Luhn

Mäxie

und ein Kater mit Köpfchen

Mit Illustrationen von Nina Dulleck

Ravensburger Buchverlag

Als Ravensburger Taschenbuch
Band 52532
erschienen 2015

MIX
Aus verantwortungsvollen Quellen
FSC® C114500

1 2 3 4 18 17 16 15

Ungekürzte Ausgabe

Postfach 1860, 88188 Ravensburg
Umschlaggestaltung und Innenillustrationen: Nina Dulleck

Printed in Germany

ISBN 978-3-473-52532-4

www.ravensburger.de

1

Hallo! Da bin ich wieder, Maxie. Die aktuelle Lage bei Familie Buntschuh, also bei uns: alles ganz normal chaotisch. Außer einer riesengroßen Überraschung. Aber die verrate ich natürlich nicht sofort. Hihi. Schön der Reihe nach …

Meine zwei Schwestern sind natürlich so stressig wie eh und je: Kassia sucht nachts immer noch nach ihren Aliens und Jule gibt die Hoffnung, endlich ein richtiges Pony zu bekommen, einfach nicht auf. Dabei ist unser Esel Eddy so süß. Ich sage zu allem nur: Liebe Schwestern, träumt weiter!

Mein eigener größter Wunsch hört sich dagegen ehrlich gesagt richtig langweilig an: endlich mal eine passable Note in Deutsch. Im Aufsatzschreiben bin ich eine echte Null. Lacht mich nicht aus – für mich ist das die schwierigste Sache überhaupt.

Unser Nachbar Jonas Pfeffer, der weiß, wovon ich rede. Dem geht es nämlich genauso. Aber das ist nur ein sehr mickriger Trost. Ist es meine Schuld, dass meine Gedanken kreuz und quer durch meinen Kopf galoppieren oder wie eine Horde Flöhe darin herumhüpfen, anstatt Hand in Hand auf das Papier zu spazieren? Meine Deutschlehrerin Frau Glöckner hat vorgeschlagen, dass Jonas und ich …

„Maxie! Hast du schon wieder mein Fernglas geklaut? Ich ticke irgendwann wirklich aus, wenn du nicht aufhörst, ständig an mein Eigentum zu gehen!"

Die liebe Kassia. Na, habe ich zu viel versprochen? Sie stürmt wie eine Furie in mein Zimmer, reißt meinen Schrank auf und fängt an, hektisch in meinen Klamotten zu wühlen.

„Ei-gen-tum!", äffe ich sie nach. „Bist du Großgrundbesitzerin oder was? Was kümmert mich dein blödes Fernglas? Und überhaupt: Pfoten weg von meinen Sachen!" Ich ziehe sie aus dem Schrank heraus und schiebe sie Richtung Flur.

„Boah, Maxie!", meckert sie noch, als ich die Tür vor ihrer Nase zudrücke. „Wenn ich dahinterkomme, dass du es doch hast, dann …"

Ich wiehere auf. „Was ist dann? Ich denke, du bist strikt gegen körperliche Gewalt!"

Kassia poltert wütend die Treppen hinunter.

Ich muss grinsen. Dieses Schwesterlein wird sich erst einmal nicht mehr hier oben blicken lassen. Dann kann ich ja gleich wieder gefahrlos durch mein – öhm … ich meine Kassias – Fernglas die Nachbarschaft beobachten. Ist immer gut zu wissen, was dort bei den Pfeffers so los ist.

Von meinem Dachfenster aus habe ich einen idealen Blick in Jonas' Zimmer. Der Streber sitzt an seinem Schreibtisch. Würde mich brennend interessieren, ob er Hausaufgaben macht oder nur so tut. Schade, dass ich ihn mit dem Fernglas nicht näher heranzoomen kann. Ich weiß echt nicht, warum sich Kassia so aufregt. Mit diesem Ding kann man nicht mal 30 Meter weit gucken. Wie soll man damit einen Außerirdischen entdecken können? Zurückgeben werde ich es ihr trotzdem nicht sofort. Ich verstaue es erst einmal wieder in meinem Schreibtisch.

Wo war ich stehen geblieben? Ach ja, bei Frau Glöckner. Zuerst hat sie vorgeschlagen, dass Jonas und ich alles, was wir erleben, in ein Tagebuch schreiben, damit wir lernen, dass Gedanken ganz gemütlich aus dem Kopf aufs Papier wandern können, ohne dabei ständig Purzelbäume zu schlagen.

Hört sich schnarchlangweilig an, oder?

Dann wollte sie, dass Jonas und ich uns jeden Tag einen Brief schreiben, mindestens bis zur nächsten Klassenarbeit. Jonas steht nämlich noch eine halbe Note schlechter als ich.

Was für eine oberpeinliche Idee. Wir sind doch kein Liebespaar!

„Maxie, du hast mir doch versprochen, dass du heute mit mir Englisch übst …“

Ahhhhhh! Eine Heulboje hört sich im Vergleich zu Jule echt lustig an. Meine jüngste Schwester schlurft mit hängenden Schultern ins Zimmer und schaut mich mit diesem todtraurigen Blick an, bei dem ich mir immer vorkomme wie eine der bösen Stiefschwestern von Aschenputtel.

Jules Probleme möchte ich haben! Nur weil sie ein einziges Mal in ihrem stressfreien Leben eine Vier in Englisch geschrieben hat, geht wirklich nicht gleich die Welt unter.

„Kann man nicht mal eine Sekunde allein sein?“, sage ich schroffer als geplant. Ich habe dieses Knuddelmonster ja total lieb. Dass Mama allerdings ausgerechnet mich dazu verdonnert hat, mit Jule zu üben, ist echt ein Witz. Nur weil meine allerbeste Freundin Paula in London wohnt, heißt das noch lange nicht, dass ich den Durchblick in Englisch habe. Jules Note

gähnende Leere

kann durch mich eigentlich nur noch schlechter werden.

„Ich muss noch für das Diktat üben“, sagt sie klagend.

„Jetzt nicht, Jule“, sage ich etwas milder. „Ich mache gerade selbst was für die Schule. Wir üben später, versprochen.“

Jules Augen werden vor Erstaunen kugelrund. Selbst meine kleine Schwester hat kapiert, dass es eine echte Ausnahme ist, wenn ich mal lerne. Sie lässt mich ohne Widerspruch in Ruhe. „Alles klar, Maxie. Viel Glück dabei“, sagt sie so weise, als ob sie hundert Jahre alt wäre.

Danke. Glück kann ich gebrauchen. Denn Frau Glöckner hat wirklich keine Ahnung. Durch das Briefeschreiben würden Jonas und ich nicht besser in Deutsch werden, sondern höchstwahrscheinlich zum besten Pausenwitz aller Zeiten.

Also doch Tagebuch.

Aber auch das hat einen Haken. Es gibt in meinem Leben einfach nichts, das so spannend ist, dass ich Lust hätte, es aufzuschreiben.

Hm. Außer natürlich … na ja. Ich habe ein neues Zimmer. Eine kuschelige Dachkammer weit weg von meinen nervigen Schwestern.

Nee, nee. Ich habe mein altes Zimmer nicht gegen Kassias Sterngucker-Bude unter dem Dach unseres winzigen Hexenhäuschens getauscht. Wäre ja noch schöner.

Na??? Kommt sowieso keiner drauf.

Tataaaaa! Hier kommt die Auflösung: Wir (also die vier Buntschuhs) haben gleich das komplette Hexenhaus mit den drei Pfeffermännern, die direkt nebenan in der schicken Villa gewohnt haben, getauscht. Ist das nicht verrückt?

Sebastian Pfeffer, der gleichzeitig mein Musiklehrer und der Vater von Jonas und Lukas ist, nervt zum Glück nicht mehr so wie anfangs, als er mit seinem Auto versehentlich in unsere Gartenmauer gebrettert war. Er hat nun einfach die komplette Mauer mit einem Vorschlaghammer umgehauen. So können unsere Haustiere in beiden Gärten gleichzeitig spielen: der Esel Eddy, Kassias Kater Chili, die Kaninchen, die immer mehr Geschwister kriegen, Mamas zahme Springmäuse und natürlich meine Krähe, Herr Schiller. Die könnten richtig Party machen, so viel Platz haben sie jetzt. Das finde ich mehr als nett von Herrn Pfeffer.

Die drei Pfeffers passen prima in das Hexenhäuschen. Nur der weiße Flügel war zu sperrig. Darum hat unsere Mutter Sebastian Pfeffer großzügig erlaubt, ihn in unserem riesigen neuen Wohnzimmer stehen zu lassen und so oft darauf zu spielen, wie er will. Zwischen den beiden ist nämlich gerade Friede-Freude-Eierkuchen-Zeit. Na, mal gucken, wie lange der Waffenstillstand anhält. Die zwei können sich nämlich streiten, dass die Fetzen fliegen.

Jonas und ich können das eigentlich auch. Aber seit einigen Wochen ist er einfach immer meiner Meinung. Und ich seiner. Unnormal, oder?

Darum ist mir auch schon ewig kein neuer Song mehr eingefallen. Das funktioniert nämlich am besten, wenn man eine Stinkwut hat.

Wer es vergessen hat: Meine süße Krähe und ich sind die besten Rapper an unserer Schule. Manchmal denke ich, dass Herr Schiller verzaubert ist. Da ich ihn aber weder abknutschen noch gegen eine Wand pfeffern will, wird er wohl eine hochbegabte musikalische Krähe bleiben. Das finde ich aber nicht schlimm. So kann er wenigstens für immer und ewig bei mir sein.

Mein neues Zimmer gefällt ihm. Er hat es sich gleich zwischen den schrägen Fenstern auf einem Balken gemütlich gemacht, einen Käfer herausgepickt und mit seinem Schnabel geklappert. Das hörte sich fast an wie Klatschen. Süß!!! Darüber bin ich wirklich froh. Denn wenn Herr Schiller mies gelaunt ist, geht er selbst mir auf den Keks.

Gerade nervt mich nur eines tierisch: Tagebuch schreiben.

Das leere Blatt vor mir ist immer noch leer. Total leer. Leerer geht es gar nicht. Oder wie leer kann ein leeres Blatt noch werden?

Leute! Genau das ist mein Problem, und Frau Glöckner versteht es einfach nicht. Ich habe gerade so viel gedacht, dass mir schon richtig der Kopf wehtut. Aber in meinem Heft steht kein einziges Wort.

Ich habe es ja gleich geahnt: Tagebuch ist nichts für mich. Ich könnte losheulen. Vielleicht muss ich doch die Sache mit den Briefen ausprobieren. Denn noch schlimmer als Briefe an Jonas zu schreiben, wäre, wegen einer Fünf in Deutsch sitzen zu bleiben.

Ob Jonas mitmacht? Ganz ehrlich: Ich kann mir nicht vorstellen, dass Tagebuch schreiben seine Lieblingsbeschäftigung ist. Das macht doch kein Junge gerne. Dann lieber so einen doofen Brief kritzeln. Wie lang die Briefe sein müssen, hat Frau Glöckner zum Glück nicht gesagt. Wir könnten ja einfach irgendeinen Blödsinn schreiben. Ist doch egal. Hauptsache, da stehen Buchstaben.

Am besten, ich weihe ihn gleich mal in meinen Plan ein, bevor ich es mir anders überlege. Schließlich sitzen wir beide im selben Boot.

Ich düse die Treppe in einem Affenzahn nach unten und nutze den Schwung, um über das letzte Stück des Geländers bis ins Erdgeschoss zu rutschen. Die Villa ist echt cool. Leider hat sich Jule gleich am ersten Tag bei einer solchen Rutschpartie den Eckzahn rausgehauen. Hatte die ein Glück, dass es noch ein Milchzahn war. Weil sie so geweint hat, wurde sie noch nicht einmal ausgeschimpft. Zweimal Glück. Und Herr Pfeffer versprach ihr eine Doppelstunde Schlagzeug. Dreimal Glück.

Jule ist eben in allem ein richtiger Glückspilz. Selbst in Deutsch hat sie eine Eins mit Sternchen. Ich dagegen stolpere von einer Pechsträhne in die nächste. Das war schon immer so. Trotzdem – wie schon gesagt – habe ich dieses kleine Biest gern.

Die Wohnzimmertür ist zwar zu, aber ich höre meinen Musiklehrer klimpern. Klimpern … Ich kichere leise vor mich hin. Dieses Wort benutze ich natürlich nur ganz heimlich. Schließlich ist er ein richtig guter

Pianist. Gerade hört es sich aber wirklich mehr an wie *klimpern*. Gut zu wissen, dass auch solche Leute ab und zu mit einem Finger üben.

Ahhhhh! Das klingt jetzt aber sehr schräg.

Im selben Augenblick sagt Sebastian Pfeffer: „Super. Das war schon ganz toll, mein Schatz! Du schaffst das, da bin ich mir sicher."

Mir wird vor Schreck ganz heiß. Mit wem spricht mein Musiklehrer denn so? Leider fällt mir nur ein einziger Mensch in unserem Haus ein, und das ist meine Mama.

Das geht echt zu weit. Was versteht die Pfefferbacke denn unter Gastfreundschaft? Wütend reiße ich die Tür sperrangelweit auf, stürme ins Wohnzimmer und brülle: „Na, was macht ihr Turteltäubchen da?"

„Krahkrahkrah!" Herr Schiller erhebt sich mit gesträubtem Gefieder von den Tasten des Flügels und segelt gegen den Kronleuchter.

Die vielen geschliffenen Kristallspiegel klingeln leise, als er sie streift. „Krahkrahkrah!", schimpft er in meine Richtung und wackelt aufgeregt mit dem Kopf.

„Ma-Ma-Maxie!", stottert Herr Pfeffer verlegen und wird tatsächlich ein wenig rot. „D-d-du hast uns aber erschreckt. Machst du das öfter? Wir haben hier

bloß ein wenig herumexperimentiert. Stell dir nur vor, Herr Schiller kann ganz alleine die Tonleiter spielen. Er ist wirklich ein Wundervogel.“

Oh ja. Das glaube ich Herrn Pfeffer aufs Wort.

Ich dagegen bin ein echtes Rindvieh. Wie konnte ich nur eine tausendstel Sekunde glauben, dass ausgerechnet Sebastian Pfeffer zu meiner Mutter *Schatz* sagt? Anscheinend hat mir diese Tagebuch-Schreibaktion komplett den Verstand vernebelt. Ich bin fix und fertig.

„Ah...ah...ah...“, stammle ich statt einer Antwort und wünsche mir nichts sehnsüchtiger als eine Tarnkappe.

„Krahkrahkrah!“, schreit Herr Schiller und zerbeißt vor Wut einen Kristall.

„Toll!“, quetsche ich schließlich heraus. „Wirklich toll. Ich bin leider etwas in Eile.“ Ich schiebe mich rückwärts zur Tür, um einfach wieder zu verschwinden.

„Halt!“, ruft Herr Pfeffer energisch.

Ich bleibe wie erstarrt stehen und halte die Luft an. Jetzt wird er mir sicher doch noch den Kopf waschen. Schließlich habe ich mich vollkommen unverschämt aufgeführt.

„Es gibt da allerdings ein ziemliches Problem“,

sagt Herr Pfeffer und runzelt besorgt die Stirn. „Die Oberfläche der Tasten ist aus kostbarem Elfenbein. Mit seinem Schnabel wird Herr Schiller sie früher oder später zerkratzen oder sogar ganz kaputt machen. Vielleicht hast du ja eine Idee, wie man das verhindern könnte?"

Ich pruste die Luft erleichtert aus. Das Dampflok-Geräusch stimmt Herrn Schiller nicht gerade gnädiger. Er fliegt durch das offene Fenster davon, nicht ohne mir vorher ein letztes vernichtendes „Krahhhhhh" zuzurufen.

„Na klar", sage ich froh. „Kein Problem. Vielleicht binden Sie ihm einfach einen Korken um den Schnabel? Oder … oder … mir fällt bestimmt noch etwas Besseres ein. Mein Kopf arbeitet jetzt schon wie verrückt an einer Lösung …"

Mein Musiklehrer nickt mir freundlich zu. „Danke, Maxie. Du bist echt toll. Auf dich ist einfach immer Verlass. Mädchen sind wirklich viel vernünftiger als Jungs."

Ich suche so schnell wie möglich das Weite. Wenn Sebastian Pfeffer wüsste, wie es wirklich in meinen Gedanken aussieht, würde er nicht so optimistisch strahlen.

Ich rase quer durch unseren neuen gemeinsamen

Garten Richtung Hexenhaus und erschrecke dabei ein paar Kaninchen beinahe zu Tode. Nee, heute ist kein Glückstag. Weder für mich noch für alle, die mir begegnen.

Das hindert mich aber nicht daran, mein Zimmer, also jetzt natürlich Jonas' Zimmer, zu entern. Er sitzt immer noch genauso versunken am Tisch wie eben und schreibt mit einem Füller etwas in ein dickes Heft.

„Ich hab dich erwischt!", brülle ich und hechte in seine Richtung.

„Spinnst du?", schreit er erschrocken und presst das Heft an seinen Bauch.

„Zeig her!", rufe ich und reiße es an mich. Ja, ja, ich weiß es selbst. Nett ist anders. Aber wie ich schon sagte: Heute ist einfach nicht mein Tag.

Tagebuch

steht in einer Schnörkelschrift, die ich ihm gar nicht zugetraut hätte, als Überschrift auf der Seite. Und darunter ... ungläubig fange ich an zu lesen.

„Nee, oder?", kreische ich los. „Das ist jetzt nicht wahr, oder?" Ich schmeiße mich auf den Boden, weil ich wie verrückt lachen muss.

„Das ist der coolste Tagebucheintrag, den ich je gelesen habe", quietsche ich und wische mir die Tränen aus den Augen. „Damit wirst du direkt eine Klasse zurückversetzt."

Unter der Überschrift steht mindestens dreihundertmal dasselbe Wort:

Tagebuch, Tagebuch, Tagebuch, Tagebuch,
Tagebuch, Tagebuch, Tagebuch, Tagebuch,
Tagebuch, Tagebuch, Tagebuch, Tagebuch,
Tagebuch, Tagebuch, Tagebuch, Tagebuch,
Tagebuch, Tagebuch, Tagebuch, Tagebuch,
Tagebuch, Tagebuch, Tagebuch, Tagebuch,
Tagebuch, Tagebuch, Tagebuch, Tagebuch,
Tagebuch, Tagebuch, Tagebuch, Tagebuch,
Tagebuch, Tagebuch, Tagebuch, Tagebuch,
Tagebuch, Tagebuch, Tagebuch, Tagebuch,
Tagebuch, Tagebuch.

Über die ganze Seite.

„Sehr witzig", knurrt Jonas ertappt. „Und was hast du so Tolles geschrieben?"

Ich lege sein Heft mit einem entschuldigenden Blick zurück. Ich hasse es ja selbst wie die Pest, ausgelacht zu werden. „Ganz ehrlich? Gar nichts. Ganz und gar nix. Mir fällt einfach nichts ein. Ich setze bereits Spinnweben an. Beim Nachdenken."

Jetzt muss Jonas erst einmal eine ganze Weile lachen. Und dabei macht er ein ziemlich erleichtertes Gesicht.

„Das ist aber auch wirklich nicht leicht bei uns", verteidige ich mich. „Ständig stören mich meine Geschwister und dein Vater haut so laut in die Tasten, dass ich gar keinen klaren Gedanken fassen kann. Jetzt spielt er schon mit Herrn Schiller im Duett." Ich setze mich auf Jonas' Schreibtisch und starre aus dem Fenster – zur Abwechslung hinüber zur Villa. Da meine Dachkammer eine Etage höher liegt als dieses Zimmer, kann Jonas von hier aus nicht viel erkennen, stelle ich zufrieden fest.

„Und was machen wir nun?", fragt er ratlos. „Auf Sitzenbleiben habe ich echt keine Lust."

Ich schüttle energisch den Kopf. „Frag mich mal." Ich hole tief Luft. „Also doch die Briefe?" Jetzt ist es raus.

Jonas' Augen werden vor Schreck kugelrund. „Du meinst, im Ernst?", stöhnt er.

Ich nicke.

Jonas denkt eine ganze Weile nach. Dann nickt auch er.

Wir reichen uns die Hand.

„Aber die darf echt kein anderer lesen außer Frau Glöckner“, sagt er mit Grabesstimme. „Sonst sind wir geliefert.“

„Sonst sind wir geliefert“, wiederhole ich. „Sonst denken die anderen womöglich, wir sind ein L...“

Wir schaudern gleichzeitig. „Und das darf auf gar keinen Fall passieren!“

Gerade als ich wieder aus dem Hexenhaus – also dem Haus der Pfeffers – spaziere, um mit dem ersten Brief loszulegen, taucht unser Briefträger auf. Er winkt mir mit einem dicken Umschlag freundlich zu.

„Für mich?“, frage ich aufgeregt. Es kommt nicht wirklich oft vor, dass ich einen *echten* Brief bekomme. Also nicht so ein Gekritzel wie das, was Frau Glöckner Jonas und mir aufgedrückt hat.

Die meiste Post ist für unsere Mutter – Fachzeitschriften über Kaninchen, Springmäuse und sonstiges Getier. Oder Rechnungen, die sie immer mit einem Seufzer öffnet.

„Leider nicht!“, antwortet der Briefträger bedauernd. „Ist für deinen Freund Jonas. Direkt aus Amerika. Den gebe ich ihm mal persönlich“, fährt er mit einem skeptischen Blick auf den zugemüllten Briefkasten fort. „Ist vielleicht wichtig.“

Ich werde knallrot. Nicht wegen des vollen Briefkastens oder weil er gegen das Briefgeheimnis verstößt, indem er mir verrät, wo der Brief herkommt, sondern weil er Jonas als meinen Freund bezeichnet. Erwachsene haben wirklich nicht den Durchblick und vor allem kapieren sie nicht, wann sie peinlich sind.

„Jonas ist mein Kumpel", sage ich strafend.

„Alles klar", antwortet er und drückt auf den Klingelknopf.

Also echt, so komme ich nie zum Arbeiten! Ich düse in einem Affenzahn in meine Dachkammer und schnappe mir Kassias Fernglas. Wusste ich doch, dass das Ding bald wieder zum Einsatz kommen wird.

Jonas ist nicht zu sehen. Klar, er ist sicher zur Haustür gelaufen.

Herr Pfeffer klimpert immer noch auf seinem Flügel herum und Lukas habe ich vorhin bei unseren Kaninchen herumlungern sehen. Er ist ja wie Jule völlig verrückt nach allem, was vier Beine hat. Weil er außer ein paar schweigsamen Hausspinnen keine eigenen Haustiere hat, hängt er ständig bei unseren Ställen herum.

Es dauert eine halbe Ewigkeit, bis Jonas wieder in seinem Zimmer auftaucht. Mann, der Junge kann einen echt auf die Folter spannen! Irgendwie sieht er plötzlich ziemlich durch den Wind aus. Als ob er sich die Haare gerauft hätte oder so. Den Brief hat er jedenfalls aufgemacht, denn er hält mehrere Seiten in der Hand.

Grrrr! Dieses Fernglas ist echt was für den Kindergarten. Man kann nichts, aber auch gar nichts damit erkennen. Jonas tigert in seinem Zimmer auf und ab wie ein Raubtier. Der Brief ist von seiner Mutter in Amerika, keine Frage. Die schickt sonst aber höchstens mal E-Mails, und das ziemlich selten. Die meiste Zeit ist sie nämlich ziemlich *busy*.

Was könnte denn so Wichtiges passiert sein, dass sie einen seitenlangen Brief für Jonas verfasst? Vielleicht will sie ja ihren amerikanischen Freund heiraten oder Jonas kriegt ein Geschwisterchen. Oder sie kommt wieder nach Deutschland zurück und Jonas darf zu ihr ziehen, wie er es sich immer gewünscht hat.

Die letzte Möglichkeit finde ich blöd, schießt es mir durch den Kopf. Ich habe mich schon ziemlich an die Pfefferbacke gewöhnt. Keine Ahnung, warum. Die meiste Zeit nervt er mich total. Aber manchmal ist es auch echt cool, dass er da ist. Besonders, weil ich endlich einen Leidensgenossen in Deutsch habe.

Oh Gott, Frau Glöckner. Ich habe immer noch keine einzige Zeile geschrieben. Aber seit ich weiß, dass Jonas einen Brief aus Amerika gekriegt hat, kann ich mich erst recht nicht mehr konzentrieren.

Jonas sitzt jetzt wie hypnotisiert an seinem Schreibtisch und starrt an die Decke.

Vielleicht ist der Brief ja gar nicht von seiner Mutter, sondern von einem Erpresser. Seine Mutter ist entführt worden und Jonas soll das Lösegeld für sie auftreiben. Dann würde Herr Pfeffer seinen kostbaren Flügel verscherbeln und die Villa, in der wir es uns gerade gemütlich gemacht haben. Und wir müssten alle zusammen im Hexenhäuschen wohnen, bis wir was Neues gefunden hätten. Eigentlich ganz lustig.

Egal. Bevor ich mir noch mehr Gedanken über Jonas' entführte Mutter mache, muss ich dringend mit meinem Brief anfangen, sonst kriegt Frau Glöckner eine Krise. Das hat sie wortwörtlich so gesagt und das sollte man besonders bei Lehrern sehr ernst nehmen.

Lieber Jonas

fange ich an.
Quatsch. Genau so beginnen Liebesbriefe. Mir wird heiß. Also noch mal.

Hi!

Das sieht schon mal sehr gut aus, mit null Rechtschreibfehlern. Ja, ich weiß, das klingt albern. Aber ich baue überall Fehler ein, auch da, wo gar keine dazwischenpassen.

Hi! Alles o. k. bei dir?

Nee, nee und noch mal nee. Am liebsten würde ich das Blatt sofort zerfetzen. Nichts ist in Ordnung. Das sieht man doch gerade klar und deutlich. Sonst würde Jonas ja nicht so dasitzen wie eine Gruselfigur aus dem Wachsfigurenkabinett.

Aber genau das ist der Haken an dieser tollen Idee von Frau Glöckner. Normal ist, dass man Briefe schreibt, wenn der eine in Alaska und der andere in Bayern hockt. Oder wenigstens in London, wie Paula. Aber Jonas und ich wohnen quasi Hauswand an Hauswand. Wie soll einem da etwas Schlaues einfallen?

Aber weiter im Text:

Hi!
Vielleicht ist nicht alles o. k. bei dir. Bei mir ist auch nicht alles o. k. Wenn ich sitzen bleibe, kriege ich eine Kriese. Du auch? Hau rein.
Maxie

Hm. Auf den ersten Blick kann ich keinen Fehler erkennen. Hört sich doch ganz gut an. Man soll ja auch nichts Überflüssiges in Briefen schreiben. Also, ich finde das jedenfalls doof.

Ist mir jetzt auch egal, ob da Fehler drin sind oder nicht. Frau Glöckner hat es nicht anders gewollt.

Ich habe nicht einmal einen Briefumschlag. Der ist aber schnell gebastelt. Rein damit und ab in den Briefkasten der Pfeffers. Unsere Lehrerin hat sich alles ganz genau überlegt: Jonas sammelt meine Briefe und ich mache das mit seinen Briefen genauso. Und nach zwei Wochen liefern wir unsere gesammelten Ergüsse bei ihr ab. Frau Glöckner nimmt das mit dem Briefgeheimnis anscheinend auch nicht so ernst.

Gerade als ich den Brief bei den Pfeffers in den Briefkasten stopfe, stürzt Jonas aus der Tür und rennt mich fast über den Haufen.

„Maxie, ich muss unbedingt mit dir reden“, keucht er und zerrt mich hinter sich her zu unserem Versteck im Garten bei den Kaninchen. Er vergewissert sich, dass Lukas und Jule außer Hörweite sind, dann sagt er aufgeregt: „Ich habe einen Brief gekriegt!“

„Wieso?“, frage ich scheinbar verwundert. „Ich habe meinen doch gerade erst eingeworfen. Hast du deinen schon fertig?“ Natürlich weiß ich, dass er noch gar nicht angefangen hat. Aber Jonas darf auf keinen Fall wissen, dass ich ihn beobachte.

„Nein“, antwortet er ungeduldig. „Einen richtigen Brief!“

Also, ich finde, mein Brief ist auch schon ein richtiger Brief. Mit Anrede, Einleitung und Schluss. Der Mittelteil ist vielleicht etwas zu kurz geraten, aber sonst nicht übel für den Anfang. „Und was für ein Brief ist das dann?“, frage ich scheinbar höchst gelangweilt. Dabei platze ich schon fast vor Neugier.

„Von meiner Mutter!“, ruft er aufgebracht.

Also doch. Wenigstens kein Erpresserbrief. Ich bin echt erleichtert. „Ein Glück!“, rutscht es mir heraus.

„Wieso?“, fragt Jonas verwirrt.

„Na ja“, sage ich. „Man weiß ja nie so genau, es hätte ja auch ... was Schlimmes drinstehen können.“

Jonas schüttelt ungeduldig den Kopf. „Aber es steht ja was Schlimmes drin“, sagt er.

„Und was?“ Ich tippe jetzt felsenfest auf Geschwisterkind oder Heirat oder beides.

„Meine Mutter will jetzt doch, dass ich zu ihr ziehe“, sagt Jonas. „Sie vermisst mich so doll, dass sie nicht ohne mich auskommt, schreibt sie. Lukas soll aber bei Papa bleiben, damit der nicht plötzlich ganz alleine ist.“

AMERICA!
From
U.S.A
To

Ich habe schlagartig das Gefühl, dass mich jemand an den Haaren hochzieht und durch die Luft wirbelt, bis mir ganz schwindlig wird. Das ist gar nicht angenehm!

„W-w-was?“, stottere ich. „Für immer?“

Jonas zuckt mit den Achseln. „Erst einmal für ein halbes Jahr oder so. Damit ich gucken kann, ob es mir gefällt.“

„Und wann?“ Ich würde Jonas am liebsten bitten, mich in den Arm zu kneifen, damit ich herausfinden kann, ob ich das hier gerade träume oder ob es echt ist.

„Am liebsten sofort“, sagt er und guckt dabei ziemlich verwirrt.

„Aber das geht nicht!“, höre ich mich plötzlich aufgeregt sagen. „Wir müssen doch diesen Brieftest bestehen, sonst bleiben wir sitzen. Du kannst doch nicht einfach mitten im Schuljahr los.“ Ich kriege eine Stinkwut auf Jonas' Mutter. Erst kümmert sie sich gar nicht um Jonas und dann kann es ihr gar nicht schnell genug gehen.

„Wenn ich in Amerika in die Schule gehe, ist es egal, dass ich schlecht in Deutsch bin“, sagt Jonas schließlich. „Und darüber, dass ich in Englisch auch schlecht bin, wird niemand meckern, weil ich gerade aus Deutschland komme. Eigentlich ziemlich cool!" Er grinst.

„Also, ich finde das total doof", sage ich. „Ähm, dein Argument mit Deutsch, meine ich. Ob du nach Amerika gehst oder nicht, musst du selbst wissen." Mir wird ganz schummrig. Nicht dass Jonas jetzt denkt, ich fange an zu flennen, nur weil er mal eben nach Amerika auswandert. Schließlich wollte er das doch von Anfang an.

„Klar muss ich das selbst wissen", sagt er gereizt. „Ich hab dich auch nicht um Rat gefragt. Du wolltest mich ja eh schon immer loswerden."

Das stimmte zwar mal, aber jetzt nicht mehr unbedingt. Doch das binde ich ihm lieber nicht auf die Nase, sonst wird er noch größenwahnsinnig. Jungs sind so. Das kann man überall nachlesen.

„Immer mit der Ruhe", sage ich. „Entspann dich und sprich mit deinem Vater. Der hat ja schließlich auch noch ein Wörtchen mitzureden."

Sebastian Pfeffer wird tierisches Theater machen, jede Wette. Er wird Jonas nicht einfach so ziehen lassen. Ich freue mich schon jetzt auf seinen Wutausbruch. Wenn Herr Pfeffer sauer ist und herumtobt, sieht er nämlich gar nicht furchterregend aus, sondern eher urkomisch. Meistens passiert ihm dann auch noch etwas, worüber man lachen muss: Mamas Mäuse pinkeln auf seine Noten, Eddy kaut an seiner Jacke herum oder er stolpert über unseren Kater Chili. Eigentlich ganz sympathisch.

„Stell dir mal vor, das werde ich garantiert machen“, antwortet Jonas so zickig, wie eigentlich nur ich mich aufführe.

„Okay, man sieht sich“, sage ich lässig. „Spätestens morgen in der Schule. Mein Brief ist übrigens schon in deinem Briefkasten. Ich würde an deiner Stelle auch einen schreiben. Wer weiß, ob das was wird mit Amerika.“

Hoffentlich nicht, denke ich, als ich in die Villa renne. Ich muss mich echt zusammenreißen, damit ich mich nicht umdrehe. Nicht, dass Jonas einen komischen Eindruck von mir bekommt.

Zurück in meinem Zimmer, greife ich gleich wieder zum Fernglas.

Jonas liegt mit Kopfhörern auf seinem Bett und hört Musik. Das sieht echt ulkig aus, weil er dabei so herumzuckt wie ein armer Käfer auf dem Rücken.

Trotzdem bin ich ein wenig enttäuscht. Wann will er denn endlich den Brief an mich schreiben? Ich stelle das Fernglas so scharf wie möglich und erkenne die Umrisse meines eigenen Briefes auf seinem Schreibtisch. Aber anscheinend hat er ihn noch nicht mal aufgemacht. Dieser Faulpelz!

Irgendwie habe ich plötzlich zu nichts mehr Lust.

„Krahkrahkrah!“ Herr Schiller macht Rabatz vor meiner Tür. „Krahkrahkrah!“

Ich lasse ihn noch ein wenig betteln, bis ich ihn gnädigerweise hereinlasse.

Ob es wirklich so toll ist, dass Herr Schiller zusammen mit Sebastian Pfeffer musiziert? Könnte sein, dass er dabei total verweichlicht. Die Musik, die wir zwei zusammen machen, ist wild und gemein. Wie Raps eben so sind. Da passt so ein zartes Geklimper gar nicht ins Konzept.

„Na, was ist los, Süßer?", sage ich und kraule vorsichtig seine Federn. Mit seinem dicken Schnabel kann er nämlich ganz schön zuhacken. Eigentlich wäre echt mal wieder ein Song fällig. Vielleicht über diese doofen Briefe, die uns Frau Glöckner aufgebrummt hat. Die wären super geeignet, um darüber herzuziehen.

Ich merke an dem Kribbeln überall auf meiner Haut, dass ich gerade eine richtig tolle Idee ausbrüte. Sofort schnappe ich mir meinen Block und fange einfach an zu dichten, ohne groß nachzudenken. So funktioniert es am allerbesten. Danach bin ich selbst immer total überrascht, was für ein verrückter Text in meinem Kopf entstanden ist. Ganz ohne Fehler!

He du, ich schreib dir einen Brief,
ich hab was Seltsames geträumt,
während ich schlief.
Was ich dir sagen will, das fällt mir schwer.
Ich kenn mich selber gar nicht mehr.
Du hast es irgendwie geschafft,
mich mit deinen braunen Augen echt dahingerafft.
Ich find dich nett, nett, nett.

Das ist komplett, komplett, komplett:
verrückt!!!!!!!!!!!
Aber ich bin einfach nur entzückt.
Ich schreib dir das in einem Brief,
ich hab geträumt, während ich schlief:
Wir beide sind ein Liebespaar,
aber zu schade, das ist gar nicht wahr.

Ich lese den Rap durch und falle fast vom Stuhl. Was ist das denn für ein peinlicher Mist? Wenn Kassia oder, noch schlimmer, Jonas (!) diesen Text in die Finger kriegt, bin ich geliefert! Schnell knülle ich das Papier, so klein es geht, zusammen und werfe es in die hinterste Ecke meines Zimmers. Ich könnte heulen. Heute geht einfach alles schief.

Zwar habe ich Jule versprochen, mit ihr zu üben, aber dazu habe ich jetzt überhaupt keine Lust mehr. Ich bin schlagartig todmüde und werfe mich auf mein neues lila Sofa. Sekundenschnell fallen mir die Augen zu.

Ich hab was Seltsames geträumt, während ich
schlief,

spukt mir der Raptext durch den Kopf.

Oh nein, bitte nicht! Ich setze mich kerzengerade auf.

Was ich dir sagen will, das fällt mir schwer.
Ich kenn mich selber gar nicht mehr,

singt eine Stimme in meinem Ohr.

Ahhhhhh! Ich springe auf und krieche auf allen vieren durch mein Zimme, auf der Suche nach der zerknüllten Papierkugel. Dabei kippt ein hoch aufgetürmter Bücherstapel um und eine Buchkante trifft mich schmerzhaft auf dem Nasenrücken. Aua!!!

Endlich habe ich den doofen Text gefunden. Ich zerfetze ihn in eine Million winzige Atome und werfe ihn einfach aus dem Dachfenster. Erst dann wühle ich mich erleichtert in mein Kopfkissen. Leider schmerzt meine Nase so sehr, dass ich mich nur auf den Rücken legen kann. Hoffentlich träume ich nichts, wünsche ich mir, bevor ich vollkommen erschöpft einschlafe.

„Maxie! Abendbrot!“ Ich weiß nicht, wie lange ich geschlafen habe, als meine Mutter ins Zimmer kommt, um mich zu wecken.

„Um Himmels willen, Schatz! Was ist denn mit deiner Nase passiert?“ Sie setzt sich besorgt auf meine Bettkante und betastet vorsichtig meinen Zinken.

Ich kriege gar nicht richtig Luft. Das Ding ist auf Kartoffelgröße angeschwollen.

„Mir sind Bücher auf den Kopf geplumpst, als ich was Wichtiges gesucht habe“, jammere ich.

„Na so was!“, ruft meine Mutter und streichelt mir liebevoll über die Wange. „Du bist ja eine echte Pechmarie. Vielleicht räumst du hier mal ein wenig auf …“

Mama hat den Nagel mal wieder auf den Kopf getroffen. Vor allem mit der Pechmarie. Dass es in meinem Zimmer nicht so tipptopp aufgeräumt ist, stört mich nicht. Ich finde es so gemütlich. Wenigstens habe ich nichts Nerviges geträumt.

„Ist die Nase gebrochen? Dann kann ich morgen sicher nicht in die Schule gehen“, frage ich hoffnungsvoll.

Mama grinst. „Das kann man ohne zu röntgen nicht feststellen. Schief ist sie nicht. Aber so ein kleiner Unfall ist kein Grund, Unterricht zu verpassen. Du denkst ja nicht mit der Nase. Oder wolltest du wegen irgendetwas schwänzen?“

Ich schüttle empört den Kopf und jaule auf, weil das so wehtut. „Wieso denn? Ich doch nicht.“

„Wie siehst du denn aus, Maxie?“, sagt meine

Schwester Kassia eine Minute später kichernd. „Zusammenstoß mit einem Alien?" Sie veranstaltet irgendwelche seltsamen Verrenkungen.

„Hast du dich mit Jonas gehauen?", fragt Jule neugierig.

Typisch Schwestern. Lassen keine Gelegenheit aus, schadenfroh zu sein.

„Nein, habe ich nicht", sage ich drohend. „Aber ich hätte durchaus Lust auf Streit."

Unsere Mutter schüttelt ungehalten den Kopf. „Beruhige dich, Maxie. Deine Schwestern sind nicht daran schuld, dass dir in deinem Chaoszimmer schon die Bücher auf den Kopf fallen." Sie stellt eine Schüssel mit frischem Obstquark auf den Tisch und verteilt ihn mit einer Kelle in kleine Schälchen.

„Wieso ist mein Zimmer plötzlich chaotisch?" Ich habe das Gefühl, jeden Augenblick zu platzen. „Bei mir ist eben nicht so viel Platz wie bei euch. Ich habe das mickrigste Zimmer in der ganzen Villa."

Kassia schüttelt empört den Kopf. „Gar nicht wahr, Maxie. Du hast das schönste Zimmer abgekriegt, weil du so herumgenörgelt hast. Eigentlich war doch ausgemacht, dass ich wieder eine Dachkammer kriege. Auch hier in der Villa. Hast du das schon vergessen?"

Dummerweise hat sie Recht. Ich habe Mama und Kassia so lange bearbeitet, bis ich in die Dachkammer ziehen durfte, obwohl Kassia die Sternguckerin in unserer Familie ist. Und das alles nur, damit ich besser in Jonas' Zimmer gucken kann. Aber das würde ich natürlich niemals im Leben zugeben. Stattdessen gehe ich zum Angriff über. „Stimmt. Ich wollte die Dachkammer für mich, weil ihr mich alle total nervt und ich mich woanders nicht aufs Lernen konzentrieren kann." Ich hoffe echt, mir wächst von dieser ganzen Schwindelei keine lange Nase.

Kassia tippt sich wortlos auf die Stirn.

„Selber doof!", zische ich.

„Jetzt ist aber Schluss mit dem Gezanke", mischt sich Mama energisch ein. „Du steckst uns noch alle mit deiner schlechten Laune an, Maxie."

Genau in diesem Augenblick platze ich. „Ach, vielleicht sollte ich auch einfach nach Amerika auswandern wie Jonas. Hier bin ich ja sowieso überflüssig." Ich patsche meinen Löffel so heftig in den Obstquark, dass er in alle Richtungen spritzt. „Und du brauchst mich jetzt gar nicht auf mein Zimmer zu schicken, ich gehe nämlich freiwillig!", rufe ich. Wütend schiebe ich ab.

„Krahkrahkrah!", krächzt Herr Schiller und segelt mir hinterher.

„Ach, sei still“, fauche ich. „Es hat sich ausgekrächzt.“ Und damit knalle ich ihm die Tür vor seinem Schnabel zu.

Vielleicht sollte ich wirklich nach Amerika ziehen, überlege ich, als ich schließlich im Schlafanzug auf meinem Bett liege. Ich könnte mich ja heimlich zu einem Schüleraustausch anmelden. Mama hat sicher nichts dagegen, wenn ich verschwinde, und Kassia kann dann wieder ihr heiß geliebtes Dachzimmer in Beschlag nehmen.

Als es schon dunkel ist, stehe ich wieder auf und laufe mit dem Fernglas zum Fenster. In Jonas' Zimmer brennt noch Licht, aber er ist nicht da. Mein Brief liegt nicht mehr auf seinem Schreibtisch. Also hat er ihn gelesen. Ich bin ja mal gespannt, ob er noch einen eigenen geschrieben hat. Ich darf auf keinen Fall vergessen, morgen in den Briefkasten zu schauen.

Du hast es irgendwie geschafft,
mich mit deinen braunen Augen echt dahingerafft.

Ich presse die Hände auf meine Ohren. Blöder Song, geh aus meinem Kopf!

Da habe ich mir ja was eingebrockt. Ein total bescheuerter Ohrwurm.

Vorsichtig lege ich mich auf die Seite, gerade so, dass mein Nasenflügel nicht auf dem Kissen aufliegt. Ich möchte mir lieber nicht vorstellen, was meine Nase morgen in der Schule für ein Geläster auslösen wird. Ich hätte tatsächlich große Lust zu schwänzen, aber so etwas traue ich mich ja leider nicht. Außerdem würden meine Probleme dann wirklich gigantisch in den Himmel wachsen.

Am nächsten Morgen bin ich als Allererste auf und frühstücke ganz alleine. Zum Glück ist noch etwas von dem leckeren Obstquark übrig.

Trotzdem komme ich beinah zu spät zur ersten Stunde, weil ich die ganze Zeit damit beschäftigt bin, Mama und meinen Schwestern aus dem Weg zu gehen. Das ist gar nicht so einfach. Ich habe ein schlechtes Gewissen wegen gestern, aber keine Lust, mich zu entschuldigen.

In der Außentasche meines Schulrucksacks steckt der *Brief*. Also, der Brief von Jonas. Wann hat er den nur geschrieben? Ich konnte ihn nicht dabei beobachten. Geöffnet habe ich ihn aber noch nicht. Keine Zeit. Und *so* wichtig ist der Brief auch wieder nicht. Ist ja nur Schulkram.

Als ich als Allerletzte ins Musikzimmer hetze, direkt hinter Herrn Pfeffer, versuche ich, so zu tun, als ob ich das neugierige Getuschel nicht bemerken würde. Wie kindisch sind meine Mitschüler eigentlich? Muss man wegen einer dicken Nase so einen Alarm machen?

Ich setze mich möglichst würdevoll auf meinen Platz und stelle fest, dass Jonas noch nicht da ist. Na so was! Vielleicht packt er schon für Amerika. Bei diesem Gedanken sticht irgendetwas in meiner Brust. Keine Ahnung, was mit mir los ist. Ich würde am liebsten auf der Stelle wieder nach Hause gehen. Vielleicht werde ich ja krank und fühle mich deshalb so blöd. Ich taste möglichst unauffällig meine Stirn ab. Also, erhöhte Temperatur habe ich bestimmt.

„Guten Morgen, ihr Lieben!", ruft Sebastian Pfeffer in diesem Augenblick so unverschämt fröhlich ins Klassenzimmer, dass ich für eine Sekunde befürchte, dass er es auch toll findet, dass Jonas nach Amerika zu seiner Mutter zieht.

Seltsamerweise hört das Getuschel auch nicht auf, nachdem Herr Pfeffer sich zu Wort gemeldet hat.

Leute, geht's noch? Ist eine geschwollene Nase wirklich so eine Sensation?

„Ich kann mir schon denken, warum ihr so aufgeregt durcheinanderquatscht. Aber jetzt muss ich um etwas Ruhe bitten."

Dieser Morgen ist wirklich ein wahr gewordener Albtraum. Hat meine liebe Mutter ihm etwa von meinem Nasencrash erzählt und will er jetzt vielleicht darauf eingehen? Zutrauen würde ich es ihm glatt!

„Bevor Jonas mit Lotta und Linus bei uns auftaucht, möchte ich noch schnell ein paar Worte sagen. Die meisten von euch haben die Zwillinge ja bereits heute Morgen auf dem Schulhof kennengelernt."

Hä? Ich verstehe nur noch Bahnhof. Zwillinge? Lotta und Linus? Bin ich von Kassias Außerirdischen entführt worden und befinde mich plötzlich in einer anderen Zeitdimension oder was genau ist hier eigentlich los?

„Lotta und Linus sind zusammen mit Jonas in eine Klasse gegangen, bevor wir aus Berlin hierhergezogen sind. Sie fühlen sich noch ganz fremd hier. Also, nehmt Rücksicht auf die beiden und seid nicht gleich sauer, wenn sie mal ein wenig zickig sind. Aber das kriegt ihr bestimmt gut hin, da bin ich mir sicher. Frau Glöckner hat vorgeschlagen, dass wir Jonas mit Lotta zusammensetzen und Linus mit Maxie. Ich halte das für eine gute Idee."

Sebastian Pfeffer schaut mich an und grinst. „Hallo, Maxie. Du siehst ja heute zum Fürchten aus. Ich hoffe, Linus denkt nicht, ich würde ihn neben ein total rabiates Mädchen setzen. Er ist ein wenig schüchtern.

Also sei gnädig." Einige meiner Mitschüler fangen wie irre an zu lachen.

Ich könnte vor Scham im Boden versinken. Herzlichen Glückwunsch, Maxie Buntschuh, deine Klasse ist eigentlich ein Affenstall.

In diesem Moment geht die Tür auf und Jonas kommt herein – mit Lotta und Linus im Schlepptau und einem pechschwarzen Kater, den dieser Linus an der Leine führt. Ich kann nicht glauben, was ich da sehe. Sind wir hier tatsächlich im Zoo oder was? Wenn das so ist, kann ich demnächst ja auch auf Eddy in die Schule reiten oder Mamas Springmäuse am Bindfaden mitbringen. Die nagen besonders gerne an frischen Schulbüchern.

Diese Lotta sieht aus wie ein richtiges Stadtgirl aus Berlin. Jedenfalls guckt sie so selbstgefällig aus der Wäsche, als würde sie erwarten, dass alle aufspringen und ihr Beifall klatschen. Dabei hat sie einfach nur den ganzen Kopf voller blonder Rastafari-Haare. Besonders schön finde ich das nicht. Aber auffällig ist es auf jeden Fall. Und natürlich harmoniert ihre Haarpracht perfekt mit ihren veilchenblauen Augen. Aber dafür kann diese Miss Supertussi ja nichts.

Linus, ihr Bruder, hat so eine bleiche Hautfarbe wie ein Vampir und auch sonst sieht er irgendwie

krank aus. Der schwarze Kater scheint mir das absolut passende Haustier für ihn zu sein. Das Einzige, was er mit seiner Schwester gemeinsam hat, ist die Veilchenfarbe seiner Augen.

„Seid herzlich willkommen, Lotta und Linus!“, ruft Sebastian Pfeffer überschwänglich und schüttelt beiden so begeistert die Hände, als wären sie die Kinder des Bundespräsidenten.

Ohne mich zu beachten, setzt sich Jonas an einen freien Tisch ganz vorne.

„Und das ist Maxie. Sie wohnt direkt neben Jonas, Lukas und mir, mit ganz vielen Tieren, die du sicher gerne kennenlernen möchtest, Linus.“ Sebastian Pfeffer führt Linus wie einen Erstklässler zu dem freien Platz neben mir und rückt ihm den Stuhl zurecht.

„Hallo“, sagt Linus heiser zu mir. „Du siehst ja schlimm aus.“ Er schaut ängstlich auf meine Nase. Ich spüre schon wieder jede Menge Wut in mir aufsteigen. Super Begrüßung, keine Frage. Da möchte man sich doch gleich zum Geburtstag einladen.

„Du aber auch!“, antworte ich schroff.

Klar, dass ich mir mit dieser Antwort einen strafenden Blick von Herrn Pfeffer einhandle. Aber ich werde es überleben.

Der schwarze Gruselkater springt mit einem entschlossenen Satz auf Linus' Schoß und rollt sich ein. Erst jetzt sehe ich, dass ihm ein kleines Stück vom Schwanz fehlt. Auch dazu habe ich sofort eine Bemerkung parat, aber so wie mich Herr Pfeffer mustert, ist es wohl besser, den Satz, der mir auf der Zunge liegt, runterzuschlucken.

Nicht dass er zu sauer wird. Womöglich will er unsere Häuser dann wieder zurücktauschen und Mama kann ihre Tierklinik für immer und ewig in den Wind schießen.

Stattdessen sage ich versöhnlich: „Dein Kater schnurrt ja gar nicht. Meine jüngere Schwester hat einen roten Kater, der heißt Chili. Der brummt so laut wie unser alter Kühlschrank."

Linus' veilchenblaue Augen füllen sich mit dicken Tränen.

Oh nein! Was habe ich denn jetzt wieder angerichtet? Ich kriege gleich die Krise.

„Tatze kann nicht schnurren. Er hatte einen Schock und seitdem ist er stumm", flüstert Linus.

Schockschwerenot! Am besten sage ich gar nichts mehr.

Linus scheint das recht zu sein, denn er starrt für den Rest des Musikunterrichts aus dem Fenster.

Lotta dagegen ist deutlich gesprächiger. Sie flüstert

Jonas unaufhörlich irgendetwas zu. Als es schließlich zur großen Pause gongt, ist sein Ohr knallrot. Wundert mich nicht.

„Komm, Lotta, ich zeig dir unsere Schule“, ruft er und die beiden ziehen einfach ab.

Linus und sein Stubentiger folgen mir überallhin, selbst zur Toilette, und ich schwöre einen heimlichen Schwur: Das nächste Mal, wenn ich mich bereits morgens mies fühle, schwänze ich auf jeden Fall die Schule!

Puh, bin ich froh, als ich wieder zu Hause bin!

„Mami, es tut mich echt leid wegen gestern. Ich war irgendwie sauer wegen der Nase und überhaupt“, sage ich, sobald ich durch die Tür komme. Auch noch Ärger mit meiner Familie, dafür habe ich gerade keinen Nerv.

Zum Glück sind die Buntschuhs zwar schnell mal unter der Decke, aber sie landen auch genauso fix wieder auf dem Erdboden. Also ist auch unsere Mutter nicht nachtragend.

„Alles prima“, sagt sie gutmütig. „Wie geht es deiner Nase?“

„Meiner *Nase* geht es gut“, antworte ich. So, wie ich den Satz betone, weiß sie natürlich gleich, dass irgendetwas nicht stimmt. Aber sie fragt erst mal nicht nach, sondern stellt mir einfach einen Teller mit Spaghetti und ihrer göttlichen selbst gemachten Tomatensoße hin und sagt: „Jetzt iss zuerst in Ruhe.“

Jule und Kassia haben eine Stunde länger Unterricht und deshalb bin ich mit Mama alleine. Das finde ich nicht immer schön, denn wenn ich etwas ausgefressen oder wieder einmal eine schlechte Note geschrieben habe, dann bespricht sie das am liebsten unter vier Augen mit mir.

Aber heute finde ich es urgemütlich, dass sie ihre Mittagspause mit mir teilt. Obwohl sie einen Haufen Arbeit mit den Tieren hat und oft zu Geburten von Kälbchen oder Fohlen gerufen wird, nimmt sie sich mittags fast immer Zeit für uns.

Selbst unser Vater hat das so gemacht. Der ist für einen Teller Hühnersuppe aus seinem Rettungshubschrauber rausgesprungen, schnell nach Hause gedüst, um mit uns zu essen, und dann wieder los. Obwohl ich damals noch kleiner war, erinnere ich mich noch so gut daran, als hätten wir erst gestern zusammen Hühnersuppe gegessen. Das war übrigens sein Lieblingsessen. Ausgerechnet an dem Tag, an dem er mit seinem Hubschrauber abgestürzt ist, hat ihm die Suppe besonders gut geschmeckt.

Keine Ahnung, warum mir das gerade jetzt einfällt. Vielleicht, weil mir in der letzten Zeit sowieso total viel durch den Kopf geht. Und weil ich Papa immer noch genauso vermisse wie am ersten Tag nach seinem Tod.

RETTUNG

Seitdem gab es übrigens nie wieder Hühnersuppe bei uns.

„Maxie? Alles in Ordnung mit dir?“, fragt Mama direkt in meine tiefsten Gedanken hinein. „Du guckst, als hättest du wieder ein Diktat vergeigt oder so.“

Ich schüttle heftig den Kopf. „Nö, gar nicht. Ich dachte nur, ich würde gerne wieder einmal deine leckere Hühnersuppe essen. Und Frau Glöckner hat jetzt eine Idee, wie Jonas und ich unsere Note verbessern können. Wir müssen uns eine Weile Briefe schreiben. Einen habe ich schon fertig.“

„Ach“, sagt meine Mutter. Sonst nichts. Keine Ahnung, ob sie damit die Hühnersuppe oder die Briefe meint. Oder vielleicht beides.

Jetzt ist sie mit ihren Gedanken auch ganz weit weg. Das kann ich ihr nämlich genauso ansehen wie sie mir.

„Papa und ich haben uns früher viele Briefe geschrieben“, sagt sie plötzlich. Sie steht auf, öffnet den Kühlschrank und guckt ewig lange hinein. „Manchmal bin ich morgens in die Küche gekommen und da lag schon einer und er war unterwegs, Leute retten. Ich habe sie alle aufgehoben.“

Sie dreht sich zu mir um und eine Sekunde lang sehe ich, dass Tränen in ihren Augen schwimmen.

Aber gleich darauf wühlt sie total geschäftig im Kühlschrank herum und zeigt mir nur noch ihren Rücken.

„Der Obstquark ist ja alle“, sagt sie. „Möchtest du Schokoladenpudding?“

Mein Hals ist aus heiterem Himmel wie zugeschnürt. Ich kann jetzt auf gar keinen Fall mehr etwas essen. Nicht mal so einen glitschigen Pudding.

„Ich bin pappsatt“, sage ich heiser. „War riesig lecker.“ Ich stehe auf und räume eifrig unsere Teller in die Spülmaschine.

„Wir haben zwei Neue in der Klasse, Zwillinge, ein Junge und ein Mädchen“, sage ich, um das Thema zu wechseln. „Herr Pfeffer kennt sie aus Berlin, sie waren da in Jonas' Klasse. Der Junge heißt Linus und hat einen Kater mit in den Unterricht gebracht. Er kann nicht schnurren und Linus sagt, er ist stumm.“

Mit Tiergeschichten kann ich meine Mutter immer ablenken. Ich halte es echt nicht aus, wenn sie so traurig guckt. Dann fühlt sich mein Herz so an, als ob es gleich zerspringen würde.

„Wie spannend!“, ruft meine Mutter aufgeregt. Ihre Augen funkeln plötzlich ganz unternehmungslustig. „Über so einen Fall habe ich erst kürzlich einen Artikel gelesen. Dieser Linus soll einfach mal vorbeischauen. Vielleicht kann ich seinem Stubentiger helfen.“

Oje! Das hatte ich allerdings nicht beabsichtigt.

Etwas Ähnliches hat Linus in der Schule nämlich auch zu mir gesagt. So ungefähr: „Vielleicht können sich der Kater von deiner Schwester und Tatze ja mal kennenlernen und euer Chili bringt Tatze wieder Sprechen bei.“

Na, das wäre der Hit. Aber dazu wird es nie kommen. Denn bereits nach dem ersten gemeinsamen Schultag geht mir dieser Linus total auf den Geist.

„Ja, mal sehen“, antworte ich lahm. Wer weiß, ob sich dieser nervöse Stubentiger überhaupt mit Herrn Schiller vertragen würde. Nicht alle Katzen kommen gut mit Krähen klar. Und nur, weil er nicht sprechen kann, heißt das noch lange nicht, dass er einem Leckerbissen abgeneigt ist. Mich schüttelt es alleine bei dem Gedanken, Herrn Schiller in Gefahr zu bringen.

Mama scheint dasselbe durch den Kopf zu gehen, denn sie sagt: „Natürlich dürfte der Kater nicht frei herumlaufen, wegen der Springmäuse.“

Klar. Die gehen ja schon mal gerne so durch das Haus spazieren. Und da sie sich noch nicht hundertprozentig an unser neues Heim gewöhnt haben, bleibt Linus mit Tatze wohl besser in seiner eigenen Wohnung.

„Und das Mädchen?“

Das ist genau das, was ich meine. Wenn Mama und ich alleine sind, fängt sie irgendwann an, unangenehm nachzubohren. Dann hilft eigentlich nur, sich möglichst eilig zu verdrücken. Leider ist es dafür nun schon zu spät.

„Wie heißt der andere Zwilling? Vielleicht kannst du dich mit dem Mädchen anfreunden.“

Oh nein. Auf gar keinen Fall. Außerdem ist ja schon Jonas total dicke mit ihr. Freundschaften zu dritt gehen nie gut.

„Sie heißt Lotta“, antworte ich. Denn bevor Mama nicht alles weiß, lässt sie ohnehin nicht locker.

„Lotta, ach, wie hübsch! Eigentlich solltest du auch eine Lotta werden, aber dann haben wir uns doch für Maxie entschieden. Lotta würde auch gar nicht zu dir passen.“

Na, da habe ich ja noch mal Glück gehabt. Aber wieso kann Mama sich nicht mehr vorstellen, dass ich Lotta hieße?

„Und warum nicht? Wenn du Lotta so hübsch findest?“

Mama schüttelt lachend den Kopf. „Na, weil du einfach Maxie bist. Oft ein bisschen durcheinander, manchmal ein kleiner Tollpatsch, aber hilfsbereit und richtig lustig, zwischendurch echt zickig und gerade wieder ganz schön maulig. Meine süße Maxie eben."

Bevor ich eingeschnappt sein kann, nimmt sie mich in den Arm und gibt mir einen richtig lieben Kuss.

„Okay, Mami, ich geh dann mal rauf in mein Zimmer", sage ich eilig, bevor sie noch mehr über die Zwillinge wissen will.

„Halt!" Meine liebe Mutter schnappt meinen Arm, damit ich nicht entwische. „Und was ist mit Jonas? War das gestern Abend ein Scherz mit Amerika?"

Oh nein. Darüber will ich jetzt garantiert nicht mit Mama quatschen. „Frag mal Herrn Pfeffer", antworte ich. „Keine Ahnung, was da wirklich los ist. Jonas' Mutter hat einen ewig langen Brief geschrieben, dass sie ihn ganz doll vermisst ..."

Brief! Das ist mein Stichwort. Ich will endlich wissen, was Jonas in seinem Brief an mich geschrieben hat. Schließlich muss ich ja darauf antworten.

„Hausaufgaben, Mami. Ganz dringend. Ich höre

auch schon Kassi und Jule!“ Und damit poltere ich die vielen Treppen hinauf in meine schöne, einsame Dachkammer.

Ich stürze in mein Zimmer und bleibe wie von allen guten Geistern verlassen stehen. Was ist denn hier passiert? Ungefähr das Gegenteil von Weltuntergang. Es sieht so aufgeräumt aus wie die Arche Noah vor der großen Flut.

Eilig durchforste ich meine Klamotten, um herauszufinden, ob Mama meine Geheimverstecke entdeckt hat. Zum Glück nicht. Auch Kassias Fernglas liegt immer noch unter meinen Schnellheftern verborgen in der untersten Schublade meines Schreibtisches.

Puh! Noch einmal Glück gehabt. Ich habe im Leben nicht damit gerechnet, dass meine verbeulte Nase so eine Wirkung auf meine Mutter hat. In den nächsten Wochen sollte ich wenigstens so viel Ordnung halten, dass sie nicht auf die Idee kommt, erneut Klarschiff zu machen. Die Briefe von Jonas werde ich sicherheitshalber lieber im Kaninchenstall zwischenlagern.

Wobei die ohnehin nicht geheim sind. Oder?

Endlich hole ich den Brief aus meinem Rucksack hervor und reiße ihn auf.

Hi!

fängt der Brief an. Das hat er eiskalt von mir abgeschrieben. Aber egal. Also:

Hi!
Nein, bei mir ist auch nicht alles o. k.
Aber das weißt du ja schon.
Eine Krise kriege ich nicht. Das war es.
Hau selber rein.
Jonas

Hm. Viel Neues hat er ja nicht geschrieben. Eigentlich fast genau das Gleiche wie ich. Nur dass er *Krise* ohne *ie* geschrieben hat. Was jetzt stimmt, weiß ich nicht. Vielleicht geht ja beides.

Ich kann mir nicht helfen. Es ist eigentlich unfair. Hätte Jonas mit dem Briefeschreiben angefangen, hätte er nicht von mir abschreiben können.

Ich frage mich, ob Frau Glöckner nur die Rechtschreibfehler bewertet oder auch den Inhalt. Am besten, ich schreibe gleich zurück, dann habe ich es hinter mir. Mal sehen, ob er dann wieder von mir abschreibt.

Kriese oder nicht. Sitzenbleiben ist doof.
Was machst du denn so?
Tschüss

Ich freue mich, dass mir der letzte Satz eingefallen ist. Bei einem Brief soll man ja auf Fragen antworten, haben wir vor einiger Zeit im Unterricht gelernt. Jetzt muss Jonas mehr schreiben als ich, weil ich ihn etwas gefragt habe.

Super Trick von mir.

Weil ich immer noch keinen Briefumschlag habe, bastle ich mir wieder einen. Leider habe ich nur noch geblümtes Geschenkpapier, ausgerechnet in Rosa. Aber den Umschlag sieht ja sowieso keiner außer Jonas. Vorne schreibe ich in Druckbuchstaben seinen Namen drauf. Fertig.

Ich rase in Höchstgeschwindigkeit die Treppe hinunter und stopfe den Brief wie gestern zu der vielen Werbung in den Pfeffer'schen Briefkasten. Anscheinend haben sie den Briefkastenschlüssel verbummelt, oder warum räumt keiner das Ding leer?

Gerade als ich den Brief so platziert habe, dass man

ihn gut an einer Ecke wieder herausziehen kann, höre ich ein Schlagzeug.

Jonas bekommt seit Kurzem Schlagzeug-Unterricht bei seinem Vater, weil er keine Lust mehr auf Klarinette hatte. Fand er irgendwie nicht mehr cool genug. Hat Sebastian Pfeffer echt erlaubt, dass er das Schlagzeug zu Hause aufbaut und dort Krach schlägt? Bis jetzt hat er nur in der Schule geübt, weil die Räume dort den Schall schlucken.

Ich stürme wieder unters Dach unserer Villa. Wenn ich weiter so häufig auf- und abrenne, bin ich bald olympiareif.

Schnell das Fernglas hervorholen und gucken. Aber hallo! Jonas ist ja gar nicht in seinem Zimmer, kein Schlagzeug weit und breit. Dabei kommt der Lärm eindeutig aus unserem alten Hexenhaus.

„Boah, Maxie, ich bin so sauer, das glaubst du nicht! Ich könnte echt ausflippen vor Wut.“ Kassia fegt in meine Kammer wie Rumpelstilzchen höchstpersönlich.

Schuldbewusst verberge ich ihr Fernglas hinter meinem Rücken.

„Wie… wieso denn?“, stammle ich. „Ich habe es erst gerade wiedergefunden und wollte es dir wirklich zurückbringen …“

Aber meine tobende Schwester hört mir gar nicht zu und ich begreife zum Glück ziemlich fix, dass es gar nicht um ihr Fernglas geht.

Erleichtert schiebe ich das Ding in einem unbeobachteten Moment unter mein Kopfkissen. Mit einer wütenden Kassia ist nämlich echt nicht gut Kirschen essen.

„Was ist denn los, Süße?“, frage ich mitfühlend.

„Was los ist?“, brüllt Kassia. „Diese blöde Pfefferbacke hat mir hoch und heilig versprochen, dass sie meine alte Dachkammer drüben im Hexenhaus erst betritt, wenn Mama zusammen mit Herrn Pfeffer hier in der Villa die Rumpelkammer leer geräumt hat und ich mir darin ein neues Sterngucker-Zimmer einrichten kann. Und jetzt kriege ich gerade mit, wie Herr Pfeffer Mama erzählt, dass Jonas ab heute in *meiner* Dachkammer Schlagzeug üben darf und vermutlich munter durch *mein* Teleskop ins Weltall glotzt. Ich ticke aus.“

Sie bekommt vor Zorn kaum noch Luft und keucht wie eine uralte Dampflok, als sie weiterschimpft: „Aber Mama findet das alles komplett in Ordnung, weil sie gerade auf der Superpfefferwelle schwimmt, und gibt der Pfefferpfeife auch noch die Hälfte von ihrem frisch gebackenen Apfelkuchen für fremde

Zwillinge mit, die zu Besuch kommen. Wenn das wenigstens Aliens wären!“

In meinem Kopf gehen augenblicklich gleich drei Alarmlampen gleichzeitig an. „Lotta und Linus?“, frage ich mit leicht hysterischem Unterton nach. „Die gehen seit heute in meine Klasse. Der Junge hat einen Kater, der ’ne Meise hat.“

Kassia guckt einen Augenblick verwirrt. „Wie jetzt? Hat der Junge einen Vogel oder eine Katze?“

Obwohl die Lage tierisch ernst ist, muss ich grinsen. „Linus besitzt einen Kater und der Kater wiederum hat eine Meise. Nicht als Haustier, sondern im Hirn. Außerdem kann der Kater nicht sprechen.“

Kassia schüttelt ungeduldig den Kopf. „Verstehe ich immer noch nicht, das machen Tiere doch ohnehin nie. Aber viel wichtiger ist jetzt auch, dass wir mein Teleskop retten. Hilfst du mit?“ Sie schaut mich mit ihrem Auf-Leben-und-Tod-Blick an, der mir gar keine andere Wahl lässt.

„Na klar. Wofür sind Schwestern denn sonst da?“, antworte ich.

Ich bin total stinkig, dass die Zwillinge bereits nach einem halben Schultag bei den Pfeffers ein- und ausgehen. Schließlich war das da drüben einmal unser Haus. Wieso nisten die sich dort einfach ein?

Katze
Jatze
Meise
ALAR

Zu zweit poltern wir die Treppen hinunter und am Wohnzimmer vorbei Richtung Haustür. Aus dem Augenwinkel entdecke ich Sebastian Pfeffer, Mama und Jule vor dem weißen Flügel. Ach ja, Jule hat heute Klavierunterricht. Wieso Mama auch dabei ist, weiß ich nicht. Es passt mir aber gut in den Kram, denn so kann sie uns wenigstens nicht nebenan in die Quere kommen.

In Großmutters Hexenhaus war es zwar immer sehr gemütlich, aber für uns Buntschuhs und unsere vielen munteren Vierbeiner leider viel zu eng.

Am größten war Kassias Sternengucker-Zimmer auf dem Dachboden. Kassia konnte da oben nicht nur die Sterne beobachten, bis sie müde wurde, sondern durfte sogar auf einer Matratze dort übernachten, wenn sie am nächsten Tag keine Schule hatte. Wie gesagt: In der Villa hat Kassia bislang noch kein Sterngucker-Zimmer. Deshalb stehen ihr kostbares Teleskop und die vielen Bücher über fremde Planeten immer noch im Hexenhaus.

Ich kann Kassias Wut gut verstehen.

Es ist nicht okay, dass Jonas sich nicht an die Abmachung hält.

Trotzdem: Auf so einem Schlagzeug würde ich gerne auch mal richtig Krach machen. Selbst wenn es gleich Zoff geben wird: Ich bin ausnahmsweise wirklich froh, dass Kassia dabei ist. Denn ich habe eine unerklärliche Scheu, diese Lotta wiederzusehen. Keine Ahnung, warum.

Zu meiner Verblüffung ist Lotta überhaupt nicht da, sondern nur ihr Bruder Linus. Er sitzt am Schlagzeug und hantiert ziemlich geschickt mit den Sticks. Das hätte ich ihm ja nun überhaupt nicht zugetraut. Der Stubentiger liegt schlafend auf seinem Schoß, der Lärm scheint ihn nicht zu stören. Anscheinend ist das Vieh ziemlich abgehärtet. Die andere Möglichkeit ist, dass der Kater taub ist. Vielleicht kann er deshalb nicht miauen.

„Hallo zusammen!“, sage ich und quäle mir ein Lächeln auf die Lippen. „Was geht denn hier ab?“

Linus schaut mich überrascht an, und auch Jonas guckt nicht so erfreut, wie ich mir das heimlich gewünscht habe. Meine ohnehin nicht so gute Laune sackt augenblicklich in den Keller. Ich habe keine Lust, um den heißen Brei herumzureden, und sage gleich, was los ist: „Meine Schwester macht sich große Sorgen um ihr Teleskop. Sie will nicht, dass jeder x-Beliebige es angrapscht.“ Ich nehme das Ding kritisch unter die Lupe und gucke, ob ich irgendwelche Kratzer finde. Ist aber alles tipptopp.

„Ist das die Katze mit der Meise?“, fragt Kassia und starrt Tatze neugierig an.

Leider ist meine Schwester manchmal ziemlich unsensibel. Ich höre, wie Jonas laut Luft durch seine Nase einzieht. Er wirft einen besorgten Blick auf Linus.

Ich weiß ja schon, dass Linus sehr nah am Wasser gebaut hat, und deshalb wundere ich mich nicht besonders, dass er so aussieht, als würde er gleich losflennen.

„Tatze ist keine Katze, sondern ein Kater, und er hat einen Schock“, antwortet Linus mit einem leichten Zittern in der Stimme. „Das liegt daran, dass er fast in einer Regentonne ertrunken wäre. Zum Glück hat ihn mein Papa in letzter Minute gerettet.“

Entweder hält Kassia diese traurige Neuigkeit für einen Witz oder sie ist einfach immer noch schlecht drauf wegen der Sache mit dem Teleskop. Jedenfalls sagt sie: „Holdrio. Dumme Sache. Waren da auch Krokodile unterwegs oder warum fehlt deinem Kater die Schwanzspitze?“

Jonas schaut Kassia mit einem absolut vernichtenden Blick an und sagt: „Wenn du so zickig bist, warum gehst du dann nicht einfach nach Hause? Du siehst doch, dass wir hier arbeiten …“

Auch wenn ich Kassias Scherz nicht besonders gelungen finde – kein Grund für Jonas, meine Schwester einfach rauszuwerfen. Aber bevor ich sie verteidigen kann, legt Kassia schon selbst los: „Ohne mein Teleskop mache ich keinen Schritt vor die Tür“, faucht sie.

Das ist so ein Augenblick, in dem es echt cool wäre, wenn Mama oder Sebastian Pfeffer durch die Tür käme. Nicht dass ich ein Weichei bin. Aber ich kriege es gerade wirklich mit der Angst zu tun, so spinnefeind mustern sich Jonas, Linus und meine Schwester.

Tatsächlich öffnet sich wie durch ein Wunder die Tür, aber bevor ich ein Dankgebet Richtung Himmel schicken kann, erkenne ich – Lotta. Sie hält meinen rosa Blümchenbrief so zwischen zwei Fingern, als ob der Umschlag verpestet wäre.

„Hei, Jo!“, säuselt sie, als ob niemand sonst im Zimmer wäre. „Das da habe ich gerade aus eurem Briefkasten gefischt. Ich glaube, du hast da von jemandem Post.“ Dabei wirft sie mir einen zuckersüßen, vergifteten Blick aus ihren veilchenblauen Augen zu.

„Ah, danke“, sagt Jonas verlegen und sein Gesicht bekommt eine ähnliche Farbe wie der Briefumschlag: Schweinchenrosa. „Das ist so eine blöde Extraaufgabe für die Schule. Maxie ist superschlecht in Deutsch und da hatte unsere Lehrerin Frau Glöckner die Idee, dass wir uns Briefe schreiben sollen, damit sie nicht sitzen bleibt."

Ich glaube, ich träume. Hat Jonas das tatsächlich gerade so gesagt, wie es meine Ohren gehört haben?

„Hach, na so eine süße Idee." Lotta grinst. Aber so, wie sie dabei guckt, glaube ich ihr kein einziges Wort.

Ich will augenblicklich loszetern, aber meine Kehle ist plötzlich ganz trocken. Ich muss mich laut räuspern, bis überhaupt ein Ton herauskommt, und klinge dann wie ein verstopftes Abflussrohr. „Ich bin schlecht in Deutsch?", frage ich ungläubig. „Ich?"

Jonas grinst verlegen, zieht die Sache aber durch. „Ja, du", antwortet er und zuckt dabei ein wenig nervös mit den Mundwinkeln.

„Das ist ja total frech", setze ich nach. Jetzt hört sich meine Stimme an wie Mickymaus beim Vorspulen.

„Wieso, das stimmt doch", mischt sich Kassia ungeduldig ein. „Deine Deutschkünste sind nicht so berühmt." Sie versucht bereits die ganze Zeit, das schwere Teleskop vom Ständer zu heben. „Hilf mir lieber mit dem Ding hier. Sonst geht es noch kaputt."

Ich vermute mal, mein Kopf leuchtet mittlerweile wie eine rote Verkehrsampel. Jedenfalls fühlt es sich so an. „Jonas ist genauso schlecht in Deutsch wie ich. Sogar noch um eine halbe Note schlechter. Wieso fällst du mir jetzt in den Rücken?“

Ich hasse mich, wenn ich so herumkreische. Aber ich kann einfach nichts dagegen tun. Würde ich nicht kreischen, würde ich platzen wie ein zu doll aufgepumpter Fahrradschlauch.

„Ich habe doch gar nicht abgestritten, dass Jonas auch schlecht ist, sondern bloß gesagt, dass er Recht damit hat, dass du schlecht bist. Du bist wieder einmal nicht logisch, Maxie.“ Kassia schaut mich stirnrunzelnd an. „Und wir sind auch nicht wegen deiner Deutschnote hier, sondern wegen meines Teleskops. Schon vergessen?“

Grrrr. Das ist so was von typisch für meine Schwester. Sie macht mich mit ihrem Logik-Gefasel echt wütend. Gerade ganz besonders.

„Ich bin gut in Deutsch“, mischt sich Linus ungefragt ein. „Geschichten erzählen mag ich ganz besonders. Wenn du willst, helfe ich dir gerne mal. Und Tatze kann dann mit eurem Chilikater spielen.“ Er schaut mich bittend an.

Plötzlich tut mir Linus leid. Er hat es bestimmt nicht leicht mit so einer nervigen Schwester.

„Klar", antworte ich. „Warum nicht? Am besten, du kommst gleich morgen vorbei." Ich versuche, ihn so begeistert wie möglich anzustrahlen.

„Okay", sagt Kassia gereizt. „Das wäre also geklärt. Fasst jetzt endlich mal jemand mit an? Sonst werde ich echt stinksauer."

So giftig, wie Kassias Augen funkeln, ist ihre Drohung unbedingt ernst gemeint. Das spürt auch Jonas. Ohne mich anzugucken, springt er herbei und schultert das Teleskop, als wäre es aus Pappe. „Ich trage es dir rüber", sagt er. „Geh mal vor, Kassi, und zeig mir, wo ich es aufstellen soll." Damit trabt er aus der Tür.

Mir bleibt nichts anderes übrig, als den beiden mit dem Teleskop-Ständer hinterherzugaloppieren. „Man sieht sich", sage ich lässig zu Linus. Am liebsten würde ich mir den Brief an Jonas wieder unter den Nagel reißen, aber das lasse ich lieber. Wer weiß, was sich Lotta sonst noch zusammenreimt.

„Bis morgen, Maxie!", ruft mir Linus nach und strahlt über sein ganzes bleiches Gesicht.

Oh Mann. Gerade finde ich, dass ich wirklich ein kompliziertes Leben habe. Das habe ich echt nicht verdient.

Ich bin total froh, als ich wieder in der Villa bin und diese ganzen Pappnasen nicht mehr sehen muss.

Schnell lehne ich den Teleskop-Ständer an das Treppengeländer und verziehe mich hinauf in mein Dachzimmer.

Herr Schiller döst auf dem Dachbalken vor sich hin. Seine Augen sind fest geschlossen und er sieht höchst zufrieden aus. Hach. Gerade würde ich einiges dafür geben, um mit ihm zu tauschen. Die Gedanken in meinem Kopf sind leider gar nicht friedlich.

Ich schnappe mir den nächstbesten Stift, krame meinen Block aus dem Schreibtisch und lege los:

Wut, Wut, Wut.
Die tut mir heute gut, gut, gut.
Die doofe Rastafari,
macht mich ganz larifari.
Bringt meine Wut zum Überkochen,
ey, Leute, was hab ich verbrochen?
Das Girl nervt bis zum Überdruss,
mit Nettsein ist ab heute Schluss.
Lotta und Jonas,
hört genau zu:
Lasst mich mit eurem Quark in Ruh.
Ich rate euch:
Zieht euch warm an!
Denn morgen ist meine Stinkwut dran ...

Am nächsten Morgen habe ich das Gefühl, dass ich die ganze Nacht um den Planeten gerannt bin, so kaputt fühle ich mich. Manchmal könnte ich mich selbst auf den Mars schicken, zu Kassias Außerirdischen. Wie konnte ich mich nur dazu hinreißen lassen, diesen Linus und seinen irren Kater einzuladen?

„Wirst du krank, Schatz, oder warum bist du so blass?“, fragt Mama beim Frühstück und schaut mich ganz besorgt an.

„Nö“, murmle ich. „Hab nur total doof geträumt.“

Mama nimmt mich tröstend in den Arm. „Oje. Dann jag die doofen Gedanken mal schnell aus deinem Kopf. Heute ist ein neuer Tag, und der wird bestimmt so schön wie das Wetter.“

Unsere Mutter ist wirklich die netteste Mutter der Welt. Nur leider hat sie nicht immer den vollen Durchblick. Und auch ihre Wetterprognosen sind nicht ganz so perfekt. Denn bereits als ich meinen Rucksack schnappe, regnet es draußen wie aus Eimern.

Mars
SCHULE

„Macht nichts, Maxie", ruft Mama mir mit unerschütterlich guter Laune hinterher. „Der Regen spült deine finsteren Gedanken bestimmt einfach weg."

Es wäre schön, wenn Mama Recht hätte. Aber so einfach ist das leider nicht. Ich gehe ja auch sonst nicht gerne in die Schule. Aber seit gestern könnte der Unterricht für mich bis Weihnachten ausfallen. Mindestens. Ich glaube, ich bin noch nie so langsam zur Schule gelatscht. Dabei halte ich den Weltrekord darin bereits seit ziemlich langer Zeit.

Hinter mir klingelt es laut und fordernd. Vor Schreck springe ich mitten in eine tiefe Pfütze. Ein Fahrradfahrer prescht an mir vorbei. Jonas! Wer sonst? Ausnahmsweise mal nicht auf seinem Mountainbike, aber genauso schnell wie sonst.

Im gleichen Moment klingelt es noch einmal. Besser gesagt: Es kräht. Das ist eigentlich Jonas' Klingel, aber heute sitzt Lotta auf seinem Fahrrad. Sie überholt mich winkend und jagt Jonas in Höchstgeschwindigkeit hinterher.

Mir bleibt die Spucke weg. Meine Turnschuhe sind pitschnass, aber das ist mein kleinstes Problem.

Ich komme eine geschlagene Viertelstunde zu spät.

Ist mir doch egal, wenn Frau Glöckner mir eine Strafarbeit verpasst. Von mir aus kann sie mich gleich wieder heimschicken. Ich habe sowieso keine Lust auf Schule. Nie wieder.

„Maxie!“, ruft Frau Glöckner und schlägt schockiert die Hände über dem Kopf zusammen. „Du bist ja pitschnass. So kannst du unmöglich im Unterricht sitzen bleiben, du holst dir ja eine schlimme Erkältung.“ Sie schreibt eilig eine Aufgabe an die Tafel und marschiert dann entschlossen auf mich zu.

Frau Glöckner ist wirklich die ulkigste Lehrerin, die ich kenne. Man weiß nie, was sie als Nächstes machen wird. Heute hätte ich gewettet, dass sie furchtbar mit mir schimpft, weil ich ständig zu spät komme. Stattdessen schleppt sie mich in das Lehrerzimmer, rubbelt mich mit ihrem eigenen Handtuch ab und holt sogar ein paar alte Turnschläppchen aus ihrem Schrank hervor.

„Zieh deine Schuhe aus, die müssen erst einmal trocknen“, befiehlt sie. Dann zwingt sie mich, die peinlichen Schläppchen anzuziehen, und flößt mir heißen Tee aus ihrer Thermoskanne ein. „Du bist wirklich manchmal verträumt, Maxie“, schimpft sie. „Warum hast du denn keine Regenjacke angezogen oder wenigstens einen Schirm mitgenommen? Immer muss man sich Sorgen um dich machen.“ Sie zwickt mir in die Wange und schaut mich dabei ganz lieb an.

Also echt. Mitleid ist ungefähr das Allerletzte, was ich gerade ertragen kann. Aus heiterem Himmel fange ich an zu heulen. Oh nein, wie peinlich!

„Aber Kind." Frau Glöckner nimmt mich tröstend in den Arm. „Ich weiß ja, dass Schule manchmal nicht so einfach ist. Du bist doch ein schlaues Mädchen. Das mit deiner Deutschnote kriegen wir schon auf die Reihe. Wäre doch gelacht. Und mit der Hilfe von Jonas sowieso."

Haben Sie eine Ahnung, liebe Frau Glöckner. Ungefähr genauso wenig wie Mama, denke ich. Und dann muss ich noch mal eine kleine Runde weiterheulen.

Es dauert eine ganze Weile, bis ich die Tasse Tee ausgetrunken habe und so weit getrocknet bin, dass ich mit Frau Glöckner zurück in die Klasse gehen kann. Es ist mucksmäuschenstill, alle starren uns neugierig an. Ich könnte vor Scham im Erdboden versinken, als ich an meinen Platz gehe, und versuche, auf keinen Fall zu Jonas und Lotta hinüberzugucken. Bestimmt machen sie sich gerade über meine Schläppchen lustig, und überhaupt.

„Voll nett von Frau Glöckner", flüstert mir Linus ins Ohr, sobald ich wieder neben ihm sitze. Seinen

Stubentiger hat er wohl wegen des Regens zu Hause gelassen. Seit Tatzes Ausflug in die Regentonne hasst dieser Wasser. Ich seit heute übrigens auch.

Den weiteren Vormittag verbringe ich wie im Halbschlaf. Jedenfalls kann ich mich bereits nach der letzten Stunde nicht mehr an den Kram erinnern, den wir gelernt haben.

„Maxie, deine Turnschuhe!“ Frau Glöckner hatte sie mit Zeitungspapier ausgestopft und sie sind nun so gut wie trocken. Meine Lehrerin schaut mir prüfend ins Gesicht. „Fühlst du dich nicht wohl?“, fragt sie besorgt. Dabei hat sie den gleichen Blick wie Mama heute Früh. „Ist es dir lieber, dass deine Mutter dich abholt? Vielleicht brütest du ja etwas aus!“

Oh nein, bitte bloß nicht!

„Ich fühle mich prima“, antworte ich eilig. „Vielen Dank. Ich habe mich nur im Unterricht so konzentriert, dass ich jetzt ein wenig Kopfschmerzen habe.“

Frau Glöckner nickt zufrieden. „Brav, Maxie. Aber übertreibe nicht. Ich weiß ja, dass du dich anstrengst.“

Ich muss mich „anstrengen“, um nicht loszugrinsen, und es geht mir sofort besser.

„Tatze und ich besuchen Maxie heute Nachmittag“, mischt sich Linus ungefragt ein. „Damit Tatze mit Chili spielen kann.“

Frau Glöckner beginnt zu strahlen. „Ach wie toll! Das freut mich ja für euch beide. Oder besser gesagt, für euch vier. Das wird bestimmt ein schöner Nachmittag, und vielleicht hat Frau Buntschuh ja eine Idee, wie man Tatze beim Miauenlernen helfen könnte."

Schlagartig rutscht meine Laune wieder in das tiefste Erdloch. Insgeheim hatte ich gehofft, dass Linus bei diesem miesen Wetter zu Hause bleiben würde. „Aber Tatze mag doch keine Regentropfen. Besser, du kommst mal am Wochenende. Da haben Mama und ich auch mehr Zeit", versuche ich, Linus seinen Plan auszureden.

Linus schüttelt energisch den Kopf. „Nö, ich habe mich schon ganz doll darauf gefreut. Meine Mutter bringt mich mit dem Auto oder Sebastian holt mich ab. Ist schon alles gebongt."

Sebastian! Na super. Die scheinen sich ja alle sehr gut zu kennen, oder warum duzt Linus Herrn Pfeffer? Immerhin ist er unser Musiklehrer.

„Na okay. Dann bis später!", sage ich resigniert. Dieser Nachmittag wird auch vorbeigehen. Es wird halt ein genauso doofer Tag wie gestern werden.

„Komm, Linus. Du darfst mit dem anderen Fahrrad fahren. Jonas nimmt mich auf die Stange!", ruft Lotta in diesem Augenblick von der Tür aus.

„Au ja, toll!“ Linus spurtet eilig davon.

Ich renne zum Fenster und schaue hinunter in den Hof. Tatsache! Lotta klettert auf die Stange von Jonas’ Mountainbike, als hätte sie in ihrer ganzen bisherigen Schulzeit nie etwas anderes gemacht. Linus radelt stolz wie Oskar auf dem zweiten Fahrrad davon, während Lotta kichernd die Fahrradklingel krähen lässt.

Was ist hier eigentlich los? Irgendwie verstehe ich nur noch Bahnhof und habe extrem schlechte Laune. Ich habe das dumpfe Gefühl, dass Lotta und Jonas daran schuld sind, aber warum eigentlich? Das muss ich dringend herausfinden, denn so kann das echt nicht mehr lange weitergehen.

Ich bin froh, dass außer Kassia niemand zu Hause ist. Jule ist wieder bei ihrer Freundin und Mama musste zu einer kranken Kuh fahren. Am besten frage ich Kassia, was mit mir los ist. In solchen Dingen hat meine Schwester einfach den Durchblick, das muss man ihr neidlos lassen.

Ich gebe mir also einen Ruck und versuche, Kassia eine Zusammenfassung der letzten anderthalb Tage zu geben. „Diese Tussi hat nicht alle Tassen im Schrank, oder?“, schließe ich meinen Bericht. „Du hast ja gestern selbst mitgekriegt, wie affektiert sie redet.“

Kassia steht am Küchenherd, brutzelt aus dem Teig, den Mama für uns gemixt hat, knusprige Pfannkuchen und wirbelt diese geschickt durch die Luft, um sie zu wenden. „Hört sich an, als wärst du eifersüchtig!“, sagt sie schließlich und stellt den Berg dampfender Pfannkuchen zusammen mit einer Schüssel mit frischem Apfelmus auf den Tisch.

„Hä?“ Mir fällt die Gabel aus der Hand. „Bist du

REM

von allen guten Geistern verlassen? Machst du mich jetzt auch noch fertig oder was?“ Ich würde am liebsten gleich wieder in mein Zimmer flüchten, aber ehrlich gesagt habe ich einen Bärenhunger.

„Quatsch! Führ dich nicht auf wie ein Baby“, antwortet Kassia, kippt sich das halbe Apfelmus über ihren ersten Pfannkuchen und beginnt, in aller Seelenruhe zu essen.

Ich koche innerlich. Aber ich weiß aus Erfahrung, dass essen Kassia beim Nachdenken hilft. Also übe ich mich in Geduld.

„Lotta ist doof“, fängt Kassia endlich an zu sprechen. „Das ist eine Sache.“ Sie stopft sich ein Riesenstück Pfannkuchen in den Mund und kaut lautlos. Das dauert eine halbe Ewigkeit.

„Das weiß ich selbst“, werfe ich ungeduldig ein.

Kassia nickt zufrieden. „Also, erstens: Lotta ist doof.

Zweitens: Jonas ist nicht doof.

Drittens: Jonas ist dein bester Freund.“

Ich hebe die Hand, um zu protestieren. Seit spätestens heute ist Jonas nicht mehr mein bester Freund. Seit Lotta auf seiner Fahrradstange mitfährt.

Aber Kassia redet ungerührt weiter: „… jedenfalls war er das bis jetzt. Aber dann ist Lotta aufgetaucht und das führt zu meinem Punkt vier: Vermutlich ist Jonas auch Lottas bester Freund gewesen. Bevor er aus Berlin hierhergezogen ist.

Fünftens: Jonas weiß gerade gar nicht, wessen bester Freund er sein soll. Der von Lotta oder der von dir. Deshalb benimmt er sich komisch.

Sechstens: Lotta will, dass Jonas ihr bester Freund bleibt und nicht der beste Freund von dir.

Siebtens: Du willst, dass Jonas dein bester Freund bleibt und nicht der beste Freund von Lotta.

Weil du Punkt eins bis sieben auch kennst, komme ich nun zu Punkt acht: Du bist eifersüchtig. Kapiert?“

Ich bin so platt, dass ich erst einmal gar nichts mehr sagen kann. Tief in meinem Inneren weiß ich aber, dass Kassia mal wieder Recht hat. Leider macht mich diese Einsicht nicht besonders glücklich. Im Gegenteil: Sie macht mich erstens total unglücklich und zweitens ist die Sache doch wirklich superpeinlich. Ob das außer Kassia auch schon jemand anders bemerkt hat? Jonas zum Beispiel? Dann müsste ich jetzt auf der Stelle sterben.

Ich lege meine Gabel auf den Tisch und schiebe den Teller weg. Mir ist schlagartig der Appetit vergangen.

Kassias Augen leuchten. Sie liebt Katastrophen fast so sehr wie Außerirdische. „Kein Grund zu sterben,

Maxie“, sagt sie kichernd und guckt mich dabei so durchdringend an, dass ich das Gefühl bekomme, dass sie in meinen heimlichsten Gedanken lesen kann wie in einem offenen Buch. „Keinen Hunger mehr?“ Sie schnappt sich gierig meine Reste.

„Und was soll ich dagegen tun?“, frage ich kläglich.

Kassia überlegt nicht lange. „Also, ich an deiner Stelle würde ihn küssen. Dann ist die Sache klar, und er muss nicht mehr darüber nachgrübeln, wer seine beste Freundin ist.“

Ich stoße einen so lauten Schrei aus, dass Herr Schiller erschrocken aus dem Fenster hinaus in den Dauerregen fliegt.

„Bist du jetzt total durchgeknallt, Kassi? Wie bescheuert ist das denn?“

Kassia zuckt mit den Achseln. „War ja nur ein Vorschlag. In den Liebesfilmen funktioniert das immer so. Ich würde Jonas auch nicht küssen, voll eklig. Aber ich bin ja auch nicht eifersüchtig. Also, du musst ihn nicht küssen, aber dann küsst ihn vielleicht Lotta.“

Mir langt es. Der Gedanke, dass Lotta Jonas aus heiterem Himmel küssen könnte, gibt mir den Rest. „Vielen Dank für deine tolle Hilfe“, keife ich Kassia an. Gerade habe ich das Gefühl, dass ich nie wieder in meinem ganzen Leben mit irgendeinem Jungen befreundet sein möchte. „Wenn Lotta Jonas küsst, bringe ich mich um."

Kassia runzelt die Stirn. „Schwachsinn. Wenn es dir so schwerfällt, ihn zu küssen, dann üb doch vorher eine Runde. Mit Linus oder so. Der macht bestimmt mit, wenn du ihm erklärst, worum es geht."

Ich stoße einen zweiten Schrei aus. Der verjagt sogar Chili von den Gartenmauer-Resten. Bloß weg hier, wer weiß, auf welche Ideen Kassia sonst noch kommt. Ich bereue mittlerweile wirklich, dass ich sie um ihren Rat gebeten habe, und will nur noch in mein Zimmer und in einen Tiefschlaf fallen. Oder schnell einen Rap dichten. Das wäre vielleicht meine Rettung.

Der Block liegt noch auf meinem Schreibtisch. Schnell schlage ich eine neue Seite auf und lege los.

Ey, Pfefferbacke, mir wird klar,
nichts ist so, wie es mal war.
Krieg dich mal schleunigst wieder ein,
ohne dich fühl ich mich so allein.
Soll ich dich wirklich küssen müssen,
damit du das kapierst?
Weil du mich sonst verlierst?

Als besten Freund durch dick und dünn,
macht das denn überhaupt noch Sinn?
Küssen müssen – muss ein Kuss
unbedingt her
und sonst ist Schluss?

Plötzlich schießen mir die Tränen in die Augen, ohne dass ich etwas dagegen tun könnte. Sie verwischen meinen Text, sodass er kaum noch zu lesen ist.

„Krahkrahkrah!"

Hey, Mister Schiller! Mein süßer Krähenvogel sitzt vor dem geschlossenen Dachfenster und krächzt lauthals, während er aufgeregt mit seinem Schnabel gegen die Scheibe klopft.

Ich klappe das Fenster auf und Herr Schiller spaziert kopfwackelnd herein.

Ob das mir gilt? Eilig wische ich mir die Tränen mit dem Handrücken weg. Herr Schiller soll mich nicht für eine Heulsuse halten.

„Krahkrahkrah!" Ganz überraschend schnellt sein Schnabel vor und er pickt vorsichtig auf meine Unterlippe. Das kitzelt total.

„Ihhhhh, Herr Schiller", kreische ich los. „Bist du jetzt völlig durchgeknallt?"

„Kraaaaaaaaaah", antwortet er und blinzelt pfiffig, bevor er sich zu einem kleinen Mittagsschlaf auf den Dachbalken zurückzieht.

Ich lasse mich auf mein Bett fallen und überlege, ob das jetzt eine Kussattacke war oder so. Vielleicht ist Herr Schiller doch ein verzauberter Prinz. Mama glaubt ja fest daran.

Die viele Grübelei hat mich hundemüde gemacht. Beim Einschlafen sehe ich plötzlich Jonas vor mir. Eigentlich sieht er für einen Jungen ganz süß aus.

Vielleicht wäre es doch nicht gaaanz so schlimm, ihn zu küssen?

„Maxie, aufwachen! Du bist ja eine solche Schlafmütze! Aufwachen!“ Kassia rüttelt ungeduldig an meiner Schulter.

Ich reiße verdattert die Augen auf. Wenn ich noch einmal zu spät in den Unterricht komme, ist endgültig Schluss mit lustig. Das ist sogar mir klar. Also schieße ich aus meinem Bett und schnappe meinen Schulrucksack.

„Mist, Mist, Mist!“, schimpfe ich los. „Warum hast du mich denn nicht früher geweckt? Du bist ja voll gemein.“

Meiner Schwester klappt die Kinnlade hinunter, sodass sie eine gewisse Ähnlichkeit mit einem Karpfen bekommt. Dabei starrt sie mich mit einem nicht gerade schmeichelhaften Blick an.

Ich ziehe mir hastig die Turnschuhe an und suche vergeblich nach meiner Windjacke. „Hast du dir wieder mal ungefragt meine gelbe Jacke ausgeliehen?“, meckere ich weiter.

„Ähhh ... Maxie?“, sagt Kassia schließlich. Ihre Stimme hat einen ungewohnt besorgten Klang. „Alles in Ordnung mit dir, Schwesterherz? Vielleicht sagst du erst einmal Hallo. Du hast nämlich Besuch.“

Erst jetzt entdecke ich, dass Kassia nicht alleine ist. Linus steht in der Tür und lächelt verlegen. Auf seinem Arm döst der Stubentiger vor sich hin. Dieser seltsame Kater ist nicht nur stumm, er hat auch noch die Schlafkrankheit. Sehr merkwürdig, das alles.

„Hei“, sagt Linus und tritt nervös von einem Bein auf das andere. „Ich hoffe, ich störe dich nicht beim Üben. Aber du hast ja gesagt, ich kann einfach mal vorbeischauen.“ Er linst hinüber zu meinem Schreibtisch, auf dem der Block mit meinen Songs liegt.

Plötzlich dämmert es mir. „Oh Mann, ich dachte echt, ich hätte schon wieder verschlafen“, sage ich und verdecke den verschmierten Rap hastig mit meinem Rucksack. „Bin ich verpeilt. Sorry.“ Der letzte Satz gilt meiner Schwester.

Kassia nickt grinsend. „Könnte man so sehen. Aber ich weiß ja zum Glück, warum du so verpeilt bist. Und deshalb verzeihe ich dir. Vielleicht lenkt dich Linus ja etwas ab.“ Sie guckt mich bedeutungsvoll an und macht einen verstohlenen Kussmund in seine Richtung.

„Auf gar keinen Fall! Spinnst du?“, rufe ich. Gibt es eigentlich einen Menschen auf dem Globus, der peinlicher ist als meine eigene Schwester?

„Öh, wenn es dir doch nicht passt, Maxie, dann gehe ich einfach wieder …“, sagt Linus erschrocken.

„Auf gar keinen Fall!“, wiederhole ich. „Also, ich meine, nein, bleib ruhig hier. Auf gar keinen Fall störst du mich, ich bin für heute fertig mit …“ Ja, womit eigentlich? Mit Heulen? Eifersüchtigsein? Trübsinnblasen? „… ähm, fertig mit der Deutsch-Sonderaufgabe.“ Ich zeige auf meinen Schreibtisch.

„Na, dann ist ja gut“, sagt Linus und er sieht wirklich erleichtert aus. „Ich hatte schon Angst, dass du mich gleich wieder fortschickst. Draußen regnet es nämlich schon wieder, und Sebastian ist mit Mama ins Möbellager gefahren, und dann wollten sie noch was essen gehen.“

Na super. Mein Musiklehrer entwickelt sich ja zu einem echten Samariter. Irgendwie passt es mir nicht, dass er mit Linus' Mutter essen geht. Komisch.

„Wieso geht Herr Pfeffer mit deiner Mutter essen? Bis jetzt war er immer mit unserer Mutter essen. Außerdem hat sie doch einen Mann“, sagt Kassia in diesem Moment und runzelt die Stirn.

Ich liebe meine Schwester! Habe ich das schon einmal so deutlich gesagt? Nie im Leben hätte ich dermaßen klar ausdrücken können, was mich an der Sache mit Herrn Pfeffer und Linus' Mutter stört. Ich könnte Kassia gerade knutschen.

„Was meinst du damit, Kassia?", fragt Linus und kratzt sich verwirrt an der Nase. „Warum darf meine Mama nicht zusammen mit Sebastian essen? Papa hat keine Zeit für so etwas, nicht einmal am Wochenende. Er muss furchtbar viel arbeiten in seinem neuen Job hier."

Jetzt heißt es, auf der Hut sein. Nicht dass Linus seiner Mutter oder Herrn Pfeffer weiterquatscht, worüber meine Schwester und ich uns den Kopf zerbrechen. Ich muss mir also genau überlegen, was ich ihm jetzt antworte.

Ich lächle Linus gönnerhaft an. „Natürlich darf Herr Pfeffer das. Dein Papa freut sich sicher, dass er sich um deine Mama kümmert. Und Lotta findet es sicher auch cool, mit ihrem Lehrer shoppen zu gehen. Damit kann sie dann in der Schule angeben …" Ich zwinkere Kassia verschwörerisch zu.

„Wieso Lotta?", widerspricht Linus. „Lotta ist doch gar nicht mit. Sie ist bei Jonas. Er will ihr seine Schulsachen zeigen und Mathe erklären. Wir hinken mit dem Stoff ziemlich hinterher."

Mir wird so eiskalt wie einem Eiswürfel am Nordpol.

„Wie bitte?", fauche ich los. „Jonas spielt den Nachhilfelehrer für Lotta und deine Mutter geht inzwischen alleine mit unserem Musiklehrer aus? Und dich und Tatze haben die beiden hier bei uns geparkt? Na, das ist ja wirklich voll raffiniert." Am liebsten würde ich Linus und seinen albernen Kater auf der Stelle vor die Tür setzen.

Linus starrt mich erschrocken an. „Ich verstehe nur Bahnhof", sagt er kläglich. „Willst du jetzt doch wieder, dass ich gehe?" Der Klang seiner Stimme signalisiert mir, dass er jeden Moment zu heulen anfängt.

Plötzlich finde ich mich selbst total doof.

„Linus", sage ich kleinlaut. „Es tut mir schon wieder leid. Ich bin heute gar nicht gut gelaunt. Frag Kassi."

Kassia kichert wie eine Lachtaube. „Oh ja. Das unterschreibe ich sofort. Da hilft nur heiße Schokolade. Magst du welche?"

Linus nickt dankbar. „Total gerne."

„Na, dann ab in die Küche. Unsere Mama muss auch jeden Augenblick von der kranken Kuh zurück sein." Kassia scheucht Linus mit Tatze aus meinem Zimmer und führt sich dabei so altklug auf, dass ich beim Zuhören das Gefühl habe, dass sich meine Fußnägel einrollen. Aber heute bin ich ihr ausnahmsweise auch dafür total dankbar. Ich weiß immer noch nicht, was eigentlich mit mir los ist. Aber es fühlt sich schrecklich an und ich hoffe, dass dieses Gefühl so schnell wie möglich vorübergeht.

Ich bleibe noch ein paar Minuten alleine in meinem Zimmer sitzen. Schließlich stehe ich in Zeitlupe auf und hänge mich mit dem Fernglas ans Fenster.

Linus hat nicht gelogen. Jonas und Lotta sitzen eng nebeneinander an seinem Schreibtisch und gucken gemeinsam in ein Buch. Ich fresse einen Besen, wenn es sich dabei tatsächlich um unser Mathebuch handelt. Nur ein Wahnsinniger oder ein totaler Streber kann so lange in ein Schulbuch starren. Ich wüsste für mein Leben gerne, was die beiden sich in Wirklichkeit anschauen.

„Maxie! Wo bleibst du denn? Kakao ist fertig!"

Zum Glück hat Kassia nicht den leisesten Schritt. Im Gegenteil, sie trampelt in der Regel wie eine Horde Nilpferde die Holztreppe rauf und runter. So habe ich Zeit genug, ihr Fernglas schnell unter meine Bettdecke zu schieben, bevor sie hereingekeucht kommt.

DOWN
Hill

„Boah, wie oft soll ich dich heute eigentlich noch holen?“, beschwert sie sich.

„Vielen Dank für alles“, sage ich und lächle mein nettestes Schwesternlächeln. „Du hast echt was bei mir gut.“

Kassia trampelt nicht nur so, sie schnaubt auch genau wie ein Nilpferd. „Humpf“, sagte sie gespielt gelangweilt. „Wer's glaubt ... Jetzt komm endlich. Das Bleichgesicht ist megaanstrengend.“ Sie düst wieder ab.

Na, ich weiß trotzdem, dass sie sich über mein Lob freut. Schließlich sind wir nicht immer ein Herz und eine Seele. Manchmal fetzen wir uns auch so, dass die Planeten durch den Orbit kugeln.

Ich schaue noch ein allerletztes Mal aus dem Fenster hinüber zu Jonas, bevor ich meinen Kakao trinken gehe.

Unfassbar. Die beiden sitzen immer noch so eng nebeneinander wie eben. Jetzt schreibt Jonas allerdings etwas, und Lotta scheint ihm zu diktieren.

Würde ich an Zauberei glauben oder an Magie, ich wäre glatt davon überzeugt, dass die beiden von irgendeiner fremden Macht verhext worden sind.

„Also, das grenzt ja beinahe an Zauberei!“, höre ich meine Mutter in diesem Augenblick ausrufen.

Was ist denn jetzt schon wieder los? Mein Bedarf an Überraschungen ist zurzeit wirklich gedeckt.

Ich poltere lautstark in die Küche.

„... und deine Mutter hat wirklich nicht gewusst, dass Sebastian hier bei uns als Musiklehrer arbeitet, als ihr das Haus gemietet habt? Na, das nenne ich Glück. Dann sind euch wenigstens ein paar Menschen vertraut. Es ist nicht einfach, in eine fremde Stadt zu ziehen. Aber es wird euch sicher hier gefallen.“

Mama versorgt Linus mit dampfendem Kakao und ihren selbst gebackenen Haferflockenkeksen und hat dabei diesen Blick, mit dem sie normalerweise kranke Kaninchen oder Meerschweinchen anguckt. Denn auch wenn Mama schon ewige Zeiten Tierärztin ist – vor allem ist sie eine echte Tierfreundin. Nur in diesem Falle gilt der Blick nicht dem verstörten Stubentiger, sondern Linus!

„Na ja“, druckst Linus herum. „Sie hat es nicht mehr ganz genau gewusst, nur ein bisschen. Sie hatte Sebastians Adresse verloren, hat sie zu Papa gesagt.“

Genialer Scherz. Glaubt das irgendjemand außer Linus? Ich versuche an Mamas Gesicht abzulesen, was sie davon hält, aber sie ist so damit beschäftigt, Linus aufzupäppeln, als hätte er ein halbes Jahrzehnt nichts zu essen gekriegt.

Höchste Zeit, mich auch mal wieder ins Spiel zu bringen. Ich schnappe mir einen leeren Becher und sage fordernd: „Mir auch bitte, Mami“, obwohl ich mir den Kakao sonst lieber selbst eingieße, damit auch ja keine Haut hineinschwappt. Aber wenn sie Linus schon so bedient wie ein Kleinkind, kann ich mir das ja auch mal gefallen lassen.

„Aber klar, mein Schatz“, sagt sie und kippt den Kakao mit Schwung in meine Tasse. Schwups, prompt landet die ganze Haut ausgerechnet bei mir.

„Pass doch auf, Mama!“, rufe ich vorwurfsvoll. „Jetzt hab ich die ganze Haut.“ Ich schiebe den vollen Becher angeekelt von mir. Leider kippt er dabei um und der Kakao ergießt sich über den gesamten Tisch. In einem dünnen Rinnsal fließt er geradewegs auf Linus zu.

„Maxie!“, ruft meine Mutter empört. „Pass du

lieber ein kleines bisschen auf. So eine Ferkelei!“ Sie nimmt den Spüllappen und beginnt hektisch zu wischen, bevor der Kakaobach Linus erreicht.

Kassia kichert und ihre Augen funkeln amüsiert. „Echt auf Krawall gebürstet heute, oder?“, stellt sie fest.

Mama runzelt die Stirn. „Ist das wahr?“, fragt sie mit einem drohenden Unterton.

„’tschuldigung, Mama“, sage ich schuldbewusst. „Ich fühle mich einfach nicht so gut. Und das weiß Kassi auch.“ Wenn Kassia so weiterfrotzelt, ist es mit dem Gute-Schwester-Bonus gleich wieder vorbei. Ich werfe ihr einen warnenden Blick zu.

„Also stimmt es doch, was Frau Glöckner mir auf das Handy gesprochen hat?“, fragt Mama besorgt. „Ich dachte ehrlich gesagt, dass sie mal wieder ein wenig übertreibt. Ich konnte noch gar nicht zurückrufen.“

Oh nein! Das hat mir gerade noch gefehlt. „Musst du auch gar nicht, Mama“, sage ich eilig. „Mir geht’s super, alles nur ein pupskleines Missverständnis. Du sagst doch selbst, ich komme in die Pubertät.“ Das ist mein allerletzter Ausreden-Notanker, wenn sonst nichts mehr hilft. Darauf, dass Frau Glöckner und Mama sich wieder einmal verbünden, kann ich wirklich verzichten.

„Maxie ist heute auf dem Schulweg tropfnass geworden“, mischt sich Linus ein. „Frau Glöckner hat sie eine halbe Ewigkeit im Lehrerzimmer trocken geföhnt. Ich glaube, jetzt kann Maxie Regen genauso wenig ausstehen wie Tatze.“

Wie auf Kommando hebt Tatze den Kopf und reißt lautlos sein Maul auf.

Das wurde auch Zeit. Ich hatte mich bereits gefragt, ob dieses Tier überhaupt echt ist. So ruhig, wie das Tigerchen auf Linus schläft, könnte er auch aus Plüsch sein.

„Wuahhhh!“, sage ich zu Tatze. „Jetzt fürchte ich mich aber. Vor allem deine Eckzähne machen mir Angst.“ Ich schneide dem Kater eine Fratze. „Wuah!“

Mama schüttelt den Kopf. „Also ehrlich, Maxie.“ Sie seufzt mitleidig. „Lass doch den armen Kater zufrieden.“

Tatze klappt sein Maul wieder zu und schaut mich unbeweglich an.

Aus irgendeinem Grund finde ich das urkomisch. „Wie der jetzt guckt! Das ist ja zum Schießen!“ Ich kriege einen totalen Lachanfall.

Kassia tippt sich an die Stirn. „Du bist heute voll hysterisch. Echt spannend.“

Plötzlich springt der Kater mit einem Riesensatz quer über den Küchentisch und landet lautlos direkt vor mir.

Vor Schreck kippe ich fast vom Stuhl, rudere wild mit den Armen und verschlucke mich höllisch an meiner Spucke.

Erst als Kassia mir ein paarmal kräftig ihre Hand auf den Rücken klatscht – was ihr anscheinend auch noch Spaß macht –, kriege ich wieder einigermaßen Luft.

„Krrrrrrrrrrrch“, krächze ich wie Herr Schiller, wenn er zu hastig frisst und ihm ein Korn im Hals quer steckt. Ich schnaube lautstark in das Taschentuch, das mir Mama hilfsbereit reicht, und wische mir die Augen trocken.

Erst jetzt sehe ich, dass Tatze immer noch genauso vor mir sitzt wie gerade eben. Dabei fixiert er mich, ohne auch nur ein einziges Mal zu blinzeln.

„Hex, hex!“, sage ich streitlustig. „Willst du mich hypnotisieren oder was?“

Im selben Augenblick streckt der Kater tastend

seine Pfote vor und sitzt in der nächsten Sekunde auf meinem Schoß. Dort rollt er sich gemütlich zusammen und schläft sofort ein.

„Was ist denn jetzt los?“, rufe ich entsetzt. „Ist dieses Monster von allen guten Geistern verlassen?“ Ich ruckle auf meinem Stuhl hin und her, aber das stört das Vieh nicht die Bohne. Mir fällt ein, dass Linus sogar mit Tatze auf den Knien Schlagzeug gespielt hat. Der Kater ist echt hartgesotten.

„Er mag dich.“ Linus strahlt. „So etwas hat Tatze bisher bei niemandem sonst gemacht. Ihr seid jetzt Freunde.“

Ich weiß nicht, wann ich das letzte Mal so aus tiefster Seele geseufzt habe, wie ich es jetzt gerade tue. Aber ich habe es wirklich schwer. Mein bester Freund befreundet sich einfach mal eben von einem Tag auf den anderen um und will nach Amerika auswandern, während ein total verrückter Kater beschließt, sich ausgerechnet an mich ranzumachen. Mich fragt anscheinend niemand mehr nach meiner Meinung.

„Das ist ja so süß!“, ruft Mama begeistert aus. „Ich mache gleich mal ein Foto von euch beiden. Vielleicht geschieht ja ein Wunder und Tatze findet durch dich seine Stimme wieder, Maxie. Du bist eine echte Katzenflüsterin!“

Sie wuschelt mir begeistert durch das Haar. „Siehst du, Linus? Dein kleiner Kater wird bestimmt wieder ganz gesund. Und weißt du was? Deine Eltern, deine Schwester und du, ihr müsst unbedingt bald mal zum Mittagessen zu uns kommen: Ich habe das Gefühl, dass wir uns alle supergut verstehen werden."

Na großartig, danke, Mama. Ich habe gerade wirklich keine Lust auf die Supertussi plus Anhang. Es reicht mir schon, dass sie die ganze Zeit bei Jonas herumhängt. Vor mir aus kann sie bleiben, wo der Pfeffer wohnt … öhm … wächst, meine ich. Ich bin schon ganz verwirrt.

„Du denkst immer, dass alle Leute verhungern, Mami", sage ich gereizt. „Dabei ist Herr Pfeffer heute sogar mit Linus' Mutter zum Essen aus, damit sie nicht vom Fleisch fällt."

Ich zwicke dem Stubentiger heimlich ins Ohr, damit er aufwacht und ich endlich von ihm erlöst bin, aber dieser tiefenentspannte Kater streckt sich nur noch gemütlicher aus.

„Ach, wirklich?", sagt Mama. Sonst nichts.

Aber ich kenne sie gut genug, dass ich diese eine Runzel über ihrer Nase, die ich überhaupt nicht leiden mag, einfach nicht übersehen kann. Schon tut es mir leid, dass ich meinen Mund nicht halten konnte.

Das sieht Kassia anscheinend genauso, denn sie wirft mir einen Blick zu, der für später nichts Gutes ahnen lässt. Seit unser Papa mit dem Hubschrauber abgestürzt ist, können wir es beide kaum aushalten, wenn es Mama nicht gut geht. Und die Stirnrunzel bedeutet nun mal, dass sie irgendeinen Kummer hat.

Halt! Nicht irgendeinen. Es gefällt ihr nicht, dass Sebastian Pfeffer mit Linus' Mama essen geht. Genauso wenig, wie es Kassia und mir passt. Warum musste ich ihr das brühwarm auf die Nase binden? Mir wird ganz heiß vor Reue.

„Ich mag Sebastian total gerne", sagt Linus fröhlich. „Und unsere Mutter mag Sebastian auch. Und Lotta mag Jonas noch genauso gern wie früher. Und ich mag dich, Maxie. Und Tatze mag uns beide. Irgendwie finde ich das alles echt toll!"

Für einen Moment herrscht Totenstille.

Plötzlich fängt Kassia in einer Lautstärke an zu wiehern, die sonst nur unser Esel Eddy draufhat. „Willkommen in der Tierarztpraxis Buntschuh!", kreischt sie los. „Sie befinden sich mitten in unserem berühmt-berüchtigten Affenstall! Und wenn Sie noch ein wenig länger bleiben, ist hier bestimmt bald der Bär los."

Im Nachhinein finde ich mich selbst ziemlich gemein.

Kurz nachdem ich ausgeplaudert hatte, dass Herr Pfeffer mit Linus' Mutter zum Essen verabredet ist, weil der Vater der Zwillinge für so etwas keine Zeit hat, verschwand Mama, ohne sich von Linus zu verabschieden, in ihre Praxis. Angeblich musste sie noch ein paar dringende Mails schreiben.

Das stimmte aber gar nicht. Denn nachdem mich Linus von Tatze befreit hatte, weil ich ihm vorschwindelte, dringend aufs Klo zu müssen, habe ich durch den Türspalt in ihr Büro gespäht.

Mama saß einfach nur auf dem Tiertherapie-Sofa und guckte vor sich hin. Besser gesagt: Sie starrte unverwandt auf den Teerosenstrauch, den Sebastian Pfeffer direkt vor ihrem Fenster heimlich eingepflanzt hatte. Teerosen sind nämlich Mamas Lieblingsblumen.

„Du bist manchmal so unglaublich doof, Maxie Buntschuh", sagte ich in den Garderobenspiegel und zeigte mir wütend einen Vogel.

Seither ist bei mir völlig die Luft raus. Ich sitze mitten auf der großen Treppe und muss mich die ganze Zeit zusammenreißen, damit ich nicht einfach losheule.

Zum Glück ist vorhin Jule aufgetaucht. Sie zeigt

Linus gerade unsere vielen Tiere und sülzt ihm vermutlich die Ohren voll. Tatze hat er solange bei mir abgeladen. Aber das ist schon okay. Mamas Springmäuse würden echt einen Herzinfarkt kriegen, wenn Linus mit seinem Kater bei ihnen vorbeischauen würde.

Der Schlauste von uns allen ist übrigens Kassias Kater Chili. Der hat sich nämlich nicht blicken lassen, seit Linus mit Tatze bei uns reingeschneit ist.

„Hei Maxie, total cool! Linus hat uns schon gesteckt, dass du die neue Katzenflüsterin bist!"

Plötzlich steht Jonas vor mir. Verdammt. Ich habe ihn echt nicht kommen hören. Ich zucke so dermaßen zusammen, dass Tatze fast von meinem Schoß purzelt. Er haut seine scharfen Krallen in meine Hose.

„Aua!" Ich spüre, wie meine Haut unter dem dünnen Stoff aufratscht und kneife schnell die Augen zusammen, damit Jonas nicht sieht, dass mir die Tränen kommen.

„Katzenkratzer gehören zu den gefährlichsten Verletzungen in der Tierwelt", höre ich Lottas Stimme. „Nur Krokodilbisse sind schlimmer."

Schnell mache ich die Augen wieder auf. „Sag bloß", antworte ich spöttisch. „… und dann natürlich noch Giftschlangen, Skorpione, Ratten …" Ich

bin schon wieder so empört, dass mir auf die Schnelle keine weiteren Tiere einfallen.

„Alles Quatsch!", ruft Kassia von der Terrasse aus und kommt eilig näher. „Die schlimmsten Bisse sind die von Menschen." Sie guckt Lotta abschätzend an. „Glaubst du mir nicht? Wir können es gerne gleich mal ausprobieren."

Kassia ist der friedlichste Mensch auf unserem Planeten, jedenfalls, wenn es um Prügeleien geht. Mit Worten ist sie nicht so zimperlich, aber das alles weiß Lotta natürlich nicht. Schließlich hat sie Kassia gestern zum ersten Mal erlebt, und da war sie ziemlich sauer.

Deshalb macht Lotta einen schnellen Schritt nach hinten und knurrt: „Willst du Ärger mit mir oder was? Den kannst du haben, meine Süße." Sie geht in eine lauernde Boxstellung.

Kassia guckt Lotta verblüfft an. „Häh?"

Jonas macht plötzlich ein ziemlich verlegenes Gesicht. „Ey, Lotta, entspann dich. Das ist nur Kassia. Die kämpft bloß virtuell mit ihren Aliens. Ansonsten ist sie so harmlos wie ein Springmaus-Baby."

Lotta nimmt die geballten Fäuste herunter und starrt Jonas einen Moment verwirrt an. Dann fängt sie plötzlich tierisch an zu lachen. „Ahhhhhhh! Das ist ja total witzig. Und jaaaaaaaaa … stimmt. Sie hat auch genauso ein Gesicht. Ich meine, wie eine Springmaus. Kein Wunder, dass die Aliens vor ihr flüchten. Ahhhhhhh!"

Ich weiß ehrlich gesagt nicht, wer von uns röter wird. Ich, Jonas oder Kassia. Aber Jonas ist mit seiner dunkelroten Gesichtsfarbe schon ganz schön gut im Rennen. „So habe ich das aber nicht gemeint", sagt er hilflos. „Kassia, ganz ehrlich." Er guckt sie bittend an.

Kassia wirft Jonas einen total vernichtenden Blick zu. Dann zeigt sie auf den Steinboden. „Da, du hast was verloren. Direkt vor dir."

Jonas schaut verwirrt auf seine Fußspitzen. „Äh, und was? Ich sehe da gar nichts."

Kassia tritt ganz nah an ihn heran und sagt so ruhig, dass es fast unheimlich ist: „Deine einzige Gehirnzelle, du Dummkopf." Sie stampft mit ihrem Fuß auf. „Oh, entschuldige, Jonas. Nun bin ich leider unabsichtlich draufgetreten. Aber du hast dein Hirn eh nicht mehr gebraucht. Oder?" Damit schwirrt sie ab wie die Rachegöttin höchstpersönlich.

Jonas steht wie vom Donner gerührt da und bringt kein einziges Wort heraus.

„Die hat doch nicht alle Tassen im Schrank, oder?",

kreischt Lotta so schrill, dass es mir in den Ohren klingelt.

Auch Tatze ist anscheinend nicht begeistert von Lottas Stimme. Er bevorzugt wohl eher Paukenklänge. Plötzlich richtet er sich auf und faucht Lotta stimmlos an. Er kann Lotta nicht ausstehen. Ich kann es mit jeder Pore spüren.

„Vielleicht werden wir doch noch Freunde, Schätzchen“, flüstere ich lautlos. „Du hast gerade hundert Punkte eingefahren.“ Ich kraule ihn zum ersten Mal hinter den Ohren und er lässt es sich genüsslich gefallen. Irgendwie beruhigt mich dieses verrückte Tier. Keine Ahnung, wieso. Auf einmal bin ich gar nicht mehr so wütend wie gerade noch. Zum Glück glaube ich nicht an die Magie von Katzen.

Lotta dagegen steht immer noch kampfbereit da. Und Jonas macht keinen Pieps.

„Entspannt euch doch mal, Leute“, sage ich lässig und stehe mit dem Stubentiger im Arm auf. „Das Leben ist viel zu kurz für Stress.“ Das sagt Mama immer zu mir, wenn ich wütend bin, und dann werde ich meistens noch viel wütender.

Auch Jonas und Lotta sehen nicht so aus, als würde sie mein Ratschlag sehr beruhigen. Aber das ist mir gerade wirklich total egal. „Komm, Tatze. Wir gehen mal Eddy Hallo sagen. Ihr zwei versteht euch sicher prima.“ Ich rausche aus der Tür und lasse diese beiden unentspannten Typen einfach stehen.

Leider hält meine Entspannung nur knappe fünfundvierzig Sekunden an.

Nämlich genauso lange, bis ich hoheitsvoll an Lotta und Jonas vorbeispaziert bin und die Haustür hinter mir ins Schloss gefallen ist.

Denn draußen regnet es in Strömen.

Mist! Das habe ich auf meiner Treppe überhaupt nicht mitbekommen. Tatze drückt sich panisch an mich und haut seine Krallen in meinen Hals wie ein Vampir seine spitzen Zähne. Ausgerechnet jetzt schießt mir Lottas spöttische Bemerkung durch den Kopf: „Katzenkratzer gehören zu den gefährlichsten Verletzungen überhaupt."

Doppelter Mist. Auf eine Blutvergiftung bin ich wirklich nicht scharf. Aber ich kehre auf gar keinen Fall in die Villa zurück. Das überlebe ich einfach nicht.

Trotzdem muss ich unbedingt etwas unternehmen. Tatze schwitzt heftig vor Angst und sein Herz rattert so schnell wie Mamas Nähmaschine.

Mama! Was würde Mama jetzt tun?

Sie hat seit einiger Zeit damit begonnen, Tiere zu behandeln, die ein Problem haben. Also, ein seelisches Problem mit irgendetwas. Ich weiß, das hört sich ziemlich schräg an, klappt aber total gut. Mama hat bereits herausgefunden, warum das Meerschweinchen von unserem Briefträger eine Woche lang Schluckauf hatte, weshalb der Hahn des Gemüsehändlers keine Hühner mehr mag und warum der Schäferhund des Bürgermeisters diesem jeden Montag auf den linken Schuh pieselt.

Das Allerwichtigste in der Therapie: Man muss mit den Tieren reden, also mit ihnen ins Gespräch kommen. Klingt crazy, oder? Ist es aber nicht. Ich habe Mama zugeguckt, und es funktioniert.

Man darf auf keinen Fall aufgeregt dabei sein, sondern muss ganz entspannt sein. Als wenn man mit den Patienten heiße Schokolade trinken und Kuchen essen würde. Wenn man nur so tut, als wäre man entspannt, passiert überhaupt nichts. Das spüren die Tiere sofort, sagt Mama.

„Bitte, bitte, bitte, Tatze, mach kein Theater. Ich kann mich doch unmöglich wieder da drin blicken lassen“, jammere ich in Tatzes Ohr. „Die lachen mich doch voll aus. Da müssen wir jetzt beide durch. Außerdem bist du ja nicht aus Zucker." Ich merke, dass sich meine Stimme schon wieder nach Mickymaus anhört. Entspannung klingt echt anders.

Ich werde langsam, aber sicher stinkwütend! Und zwar nicht auf Tatze, sondern auf mich selbst. Der arme Kater leidet bestimmt furchtbar unter dem Regen. Womöglich wird er sogar ohnmächtig, wenn ich ihn nicht schleunigst ins Trockene bringe.

Das ist Mama passiert, als sie noch nicht wusste, dass sie Höhenangst hat, und in Papas Rettungshubschrauber mitgeflogen ist.

Atmen ist gut, fällt mir ein.

Frau Glöckner hat vor einer Deutscharbeit mal entspannt atmen mit mir geübt. Das war cool, hat jedoch leider nicht dazu geführt, dass ich weniger Fehler gemacht habe. Aber vielleicht klappt es ja bei Tatze. Der muss ja keinen Aufsatz schreiben, sondern einfach nur aushalten, dass es regnet.

„Ruhig, Tatze, ruhig", säusle ich mit sanfter Stimme. „Einatmen, ausatmen. Einatmen, ausatmen. Der Regen ist schöööön. Er ist sogar wunderschöööön. Die Blumen wachsen, die Bäume wachsen, die Regenwürmer wachsen …"

Ahhhh! Von der Sabbelei habe ich schon einen richtig trockenen Mund.

Und Tatze? Der pinkelt über meinen kleinen Finger.

„Pfui, du altes Ferkel!“ Ich schüttle angeekelt meine Hand und halte sie unter die löchrige Regenrinne. Gut, dass Herr Pfeffer zwei linke Hände hat und die Regenrinne immer noch nicht repariert ist, obwohl ihn unsere Mutter schon mehrmals darum gebeten hat.

Ich gucke in Tatzes angstvolle Augen. „Los, Maxie“, befehle ich mir selbst. „Ab in die Villa.“ Im Zeitlupentempo drehe ich mich um. Es ist, als ob mein Arm an mir festkleben würde. Ich schaffe es einfach nicht, ihn auszustrecken und die Türklinke hinunterzudrücken. Es ist wirklich wie verhext.

Plötzlich höre ich ein Auto hupen und Sebastian Pfeffer nach mir rufen: „Maxie, was ist los? Hast du deinen Hausschlüssel vergessen? Komm schnell zu uns ins Auto!“

Das lasse ich mir nicht zweimal sagen. Ich sprinte quer über die Straße und lande dabei mal wieder in einer knöchelhohen Pfütze, bevor ich den Rücksitz von Herrn Pfeffers nagelneuem Auto entere.

Tatze flüchtet panisch unter den Sitz.

„Du tropfst ja total“, sagt Sebastian Pfeffer mit einem entsetzten Blick und zieht ein Stofftaschentuch hervor, um den hellen Ledersitz trocken zu tupfen. „Ist bei euch niemand zu Hause?“

„Wo ist Linus?“, unterbricht ihn die unbekannte Frau auf dem Beifahrersitz ungeduldig, bevor ich etwas sagen kann, und schaut mich abschätzend an. „Er wollte dich doch besuchen. Und wieso gehst du im strömenden Regen mit Tatze spazieren? Bist du von allen guten Geistern verlassen?“

Abgesehen davon, dass sie ihr ähnlich sieht, benimmt sie sich auch so unverschämt wie Lotta. Diese Frau kann also nur ihre Mutter sein.

„Immer mit der Ruhe, Katrin“, sagt Herr Pfeffer beschwichtigend. „Maxie ist ein sehr gewissenhaftes Mädchen. Sie hat sicher eine Erklärung dafür.“ Er schaut mich ermunternd an.

Klar gibt es eine Erklärung. Aber die würde weder Lottas Mutter noch Herrn Pfeffer gefallen. Sie hört sich nämlich ungefähr so an:

Erstens: Linus nervt mich. Deshalb habe ich ihn zu Jule abgeschoben.

Zweitens: Lotta nervt mich noch viel mehr, weil sie die ganze Zeit mit Jonas herumhängt und sich über mich lustig macht.

Drittens: Tatze nervt mich am allerwenigsten, und ich habe nicht gewollt, dass er sich wegen mir fürchtet, aber ich kann es wegen eins und zwei nicht ändern.

„Also?“, hakt Lottas Mutter nach. „Hat es dir die Sprache verschlagen oder was? Wo ist Linus und was soll der ganze Spaß überhaupt?“

Das finde ich ganz schön krass. Macht sie sich über Tatze und mich lustig?

„Bitte entspann dich, Katrin“, sagt Herr Pfeffer und seine Stimme klingt ein ganz klein wenig genervt. Oder bilde ich mir das nur ein?

„Das ist Teil unserer Therapie!“, sage ich mit fester Stimme.

„Welche Therapie?“, fragt Sebastian Pfeffer verwirrt.

„Angsttherapie“, ergänze ich auf gut Glück. Das Wort habe ich von Mama aufgeschnappt. „Tatze soll sich nach und nach an den Regen draußen gewöhnen. Zum Schluss findet er ihn dann ganz wunderschön und alles ist gut.“

Lottas Mutter schüttelt energisch den Kopf. „Blödsinn. Das arme Tier hat doch Todesangst vor dir. Ich habe es genau gesehen. Und wo ist jetzt bitte Linus?“

Noch nie fand ich eine fremde Frau vom ersten Moment an so dermaßen doof. Sie erinnert mich an eine Hexe im Märchenfilm oder Schneewittchens böse Stiefmutter. Als ich sechs Jahre war, habe ich mit Mama und Papa *Das doppelte Lottchen* im Kino geguckt. Und diese doll geschminkte Frau, in die sich der Vater der Zwillinge verliebt, sah haargenau so aufgedonnert und unsympathisch aus wie die Mutter von Lotta und Linus.

„Linus ist mit meiner Schwester Jule bei unseren Tieren und Tatze fürchtet sich gar nicht vor mir. Im Gegenteil", widerspreche ich empört und versuche, ihr ohne nervöses Zwinkern in die Augen zu gucken. Das ist allerdings gar nicht so leicht, denn sie hat einen schwarzen Strich um ihre Augen gemalt und knallrote Lippen. Das jagt mir echt ein wenig Angst ein.

Ich beschließe, lieber Sebastian Pfeffer anzusehen. Er scheint nicht ganz sicher zu sein, ob er mir glauben kann. Ich denke, er würde es gerne, und das finde ich irgendwie nett, auch wenn ich es gleichzeitig doof finde, dass er mit so einer Zicke essen geht.

„Lieber Tatze", murmle ich lautlos und so beschwörend wie möglich. „Wenn ich dir nur ein ganz kleines bisschen wichtig bin, dann mach jetzt irgendetwas und zwar schnell. Sonst kriege ich Megaärger. Die Supertussi-Mutter schnappt sich meine Mama und schlägt Alarm. Und Sebastian ist dann bestimmt auch sauer.“ Ich schiebe meine Hand unauffällig unter den Rücksitz. „Komm, Tatze“, flüstere ich zärtlich. „Sei ein liebes Katerchen.“

Ich spüre Tatzes Schnurrbarthaare an meinen Fingerspitzen. Das kitzelt total angenehm und ich muss mich zusammenreißen, damit ich nicht loskichere.

„Alles Quatsch“, sagt Lottas Mutter zu Herrn Pfeffer. „Das hat sich das Kind doch ausgedacht. Komm, wir sehen selbst nach dem Rechten. Ich mache mir Sorgen um Linus. Und außerdem kannst du mich dann gleich deiner Klementine vorstellen.“ Sie kichert. „Echt ulkiger Name.“

Sebastian Pfeffer wird ein wenig rot. „Sie ist einfach eine liebe Freundin. Und der Name ist doch originell. Vor allem mit dem Nachnamen ...“

Die fremde Hexe kichert erneut. „Ja genau, Buntschau. Das ist doch wirklich zu komisch. Klementine Buntschau.“

„Bunt*schuh*!“, rufen Sebastian Pfeffer und ich wie aus einem Munde.

Wenn das so weitergeht, glaube ich doch an die Existenz von Hexen. Kein normaler Mensch kann so boshaft kichern. Ein Besen würde ihr echt gut stehen. Vielleicht fliegt sie ja zusammen mit Lotta jede Nacht zum Hexentanz.

„Buntschuh oder Buntschau – mir doch egal“, ruft die Hexe und öffnet die Wagentür. „Klementine reicht mir auch ohne Nachname. Ich denke, wir sollten sie über dieses Früchtchen Tochter mal genauer aufklären.“

In diesem Augenblick passiert es.

Und irgendwie ist es die reinste Magie.

Tatze kommt unter der Rückbank hervor und springt ohne Federlesen auf meinen Schoß. Aber diesmal rollt er sich nicht ein und schläft. Stattdessen legt er seine Vorderpfoten auf meine Schultern und reibt sein Köpfchen vertrauensvoll an meinem Kinn.

Ich bin total geplättet. Vorsichtshalber halte ich, solange es geht, die Luft an, damit er nicht gleich wieder verschwindet.

„Maxie!“, ruft Herr Pfeffer. Seine Stimme hört sich plötzlich ungeheuer gelöst an. „Du hast ja echte Chancen bei dem Kater. Pass bloß auf, dass Herr Schiller nicht eifersüchtig wird.“

Er springt beschwingt aus dem Auto und hält der Hexe die Wagentür auf. „Na, habe ich dir zu viel versprochen, Katrin? Die Buntschuhs sind wirklich eine ganz außergewöhnliche Familie. Da werden selbst kratzbürstige Kater weich.“ Und dann lacht er sich über seinen eigenen Scherz total schlapp.

Wie durch ein Wunder hat es aufgehört zu regnen.

Tatze klebt an meinem Hals wie eine Boa constrictor. Das macht mir ein wenig Angst, aber natürlich kann ich das auf gar keinen Fall zugeben. Stattdessen versuche ich, mit einem möglichst überlegenen Lächeln die Supertussi-Mutter zu provozieren. Denn darauf habe ich gerade ziemliche Lust.

In einem eng anliegenden roten Kleid und Stöckelschuhen wühlt man normalerweise nicht in Möbellagern herum. Das kann mir keiner einreden. Schadenfroh beobachte ich, wie sie auf ihren High Heels haargenau in derselben Pfütze landet wie ich vorhin. Allerdings nimmt sie es nicht so gelassen hin. Sie flucht nämlich ganz undamenhaft.

Also im Klartext: Sie brüllt das S-Wort, das unsere Mutter uns streng verboten hat. Da kennt sie gar keinen Spaß.

„Juchuh, Maxie. Guck mal hierher", ruft Linus vergnügt.

Ich sehe mich suchend um und entdecke Linus auf Eddys Rücken. Er strahlt über das ganze Gesicht, während Jule Eddy an einer Hundeleine durch unseren Garten spazieren führt.

„Linus! Schatz, komm da sofort runter!“, schreit die Supertussi-Mutter los. „Solche Tiere sind unberechenbar.“ Sie stolpert panisch Richtung Eddy, um Linus zu retten.

Fremde Erwachsene mag Eddy nicht besonders. Schon gar nicht, wenn sie kreischend auf ihn zustürmen. Ich kann das verstehen.

„Iah-iah-iah! Iah-iah-iah! Iah-iah-iah!“, beginnt Eddy zu schreien. Es hört sich ein bisschen so an, als hätte er sich vor Schreck verschluckt. Er schleudert nervös seine Hinterbeine in die Luft und bockt sein Hinterteil auf, und für einen schrecklichen Augenblick sieht es tatsächlich so aus, als würde er Linus abwerfen.

Zum Glück stürmt unsere Mutter im selben Moment aus ihrer Praxis in den Garten und schubst die Supertussi-Mutter, die ungefähr zur gleichen Zeit bei Eddy ankommt, einfach zur Seite. Sie schnappt sich die Hundeleine und dreht den aufgebrachten Esel einfach um. Gleichzeitig hängt sie sich an seinen Hals und flüstert ihm etwas in sein linkes Ohr.

„Iah-iah-iah!“, schreit Eddy noch einmal anklagend, bevor er verstummt.

„Braver Esel“, sagt Mama zufrieden. Sie nimmt den Apfel, den Jule ihr hilfsbereit hinhält, und tätschelt Eddys Kopf. „Bitte absteigen, junger Mann“, sagt sie dann freundlich zu Linus und zieht ihn von Eddys Rücken auf das Gras herunter. „Hat es dir Spaß gemacht? Du kannst es an einem anderen Tag gerne noch mal probieren. Lukas reitet auch gerne mit Eddy aus.“

Linus grinst immer noch über das ganze Gesicht und nickt heftig.

„Ich bin nicht damit einverstanden“, mischt sich die Supertussi-Mutter ein. „Das ist viel zu gefährlich für meinen Sohn. Er ist sehr empfindlich.“ Sie steckt mit ihrem Stöckel im weichen Erdboden fest und versucht vergeblich, ihn wieder herauszuziehen.

Mama schaut sie überrascht an. „Das ist ein Esel und kein Rennpferd“, antwortet sie schließlich. „Unser Eddy ist ganz besonders kinderlieb, sonst würde ich das gar nicht erlauben, glauben Sie mir.“

„Absolut harmlos, Katrin. Ehrenwort“, mischt sich Herr Pfeffer übertrieben fröhlich ein. „Klementine ist doch Tierspezialistin. Schön, dass ihr euch mal kennenlernt.“

Die Supertussi-Mutter kapiert leider gleich, dass Sebastian es nicht so toll fände, wenn sie sich nicht mögen würden. Forsch streckt sie Mama die Hand hin. „Hallo. Katrin Berlin … Freut mich." Es klingt aber irgendwie gar nicht so, als würde sie sich freuen.

Mama nickt und schüttelt steif ihre Hand. „Ich weiß. Linus hat mir erzählt, dass Sie aus Berlin kommen und die Pfeffers kennen. Ich bin Klementine Buntschuh. *Doktor* Buntschuh. Sie brauchen sich also keine Sorgen um die Gesundheit Ihres Sohnes zu machen. Der Umgang mit Eddy wird Linus eher guttun, denke ich." Sie starrt auf das rote Supertussi-Mutter-Kleid wie ein Stier in der Arena auf das Tuch des Toreros.

Donnerwetter. Wäre unsere Mama nicht erwachsen, würde ich jetzt echt denken, sie ist zickig. Oder sogar eifersüchtig.

„Nein, nein. Berlin ist unser Nachname. Wir kommen aus Berlin und heißen auch Berlin", widerspricht die Lotta-Linus-Mutter.

„Ach so?" Mama kichert hysterisch. „Ist ja ziemlich ulkig. Da werden Sie sicher öfter mal veräppelt."

Katrin Berlin guckt beleidigt und bleibt eine Antwort schuldig.

Ich bin ein wenig schadenfroh. Wer Berlin mit

Nachnamen heißt, sollte sich lieber nicht über den Namen Buntschuh lustig machen.

„Klementine macht die beste heiße Schokolade in dieser Stadt“, sagt Herr Pfeffer euphorisch. „Hast du Lust, uns einzuladen, Klementine? Wäre doch schön, noch eine Weile gemeinsam auf der Veranda zu sitzen.“

Mama runzelt die Stirn. Dann holt sie sehr tief Luft. Das ist kein gutes Zeichen. Das macht sie sonst nur, wenn ich oder meine Schwestern mal wieder einen Brief von der Schulleitung bekommen haben. „Habt ihr im Restaurant keinen Nachtisch bekommen?“, fragt sie schroff. „Tut mir leid, Sebastian. Ich habe nicht so viel Freizeit. Ich muss eilig zu einem kleinen Patienten. Das Meerschweinchen hat wieder Schluckauf gekriegt.“

Sie drückt Jule die Hundeleine in die Hand und verschwindet grußlos Richtung Auto.

Sebastian Pfeffer schaut Mama verblüfft hinterher. „Na dann. Schade.“

Katrin Berlin lächelt überlegen. „Ist ja sehr beschäftigt, die Frau Doktor Buntschuh. Für mich wäre dieser Job ohnehin nichts. Wovon um Himmels willen kriegen diese beißwütigen Biesterchen nur Schluckauf?“ Sie schüttelt sich. „Na, kann mir wirklich egal sein. Aber eine leckere Schokolade können wir gerne auch bei uns trinken. Darin bin ich nämlich eine echte Expertin. Fährst du uns nach Hause, Basti?“ Sie blinzelt mit ihren schwarz getuschten Wimpern wie Barbie.

„Nichts lieber als das“, sagt Herr Pfeffer eilig. „Für eine Tasse Schokolade tue ich beinahe alles.“ Er klimpert mit seinem Autoschlüssel.

„Danke. Du bist wirklich ein Schatz.“ Katrin Berlin lächelt Herrn Pfeffer bezaubernd an – jedenfalls denkt sie das mit Sicherheit.

In meinen Augen fletscht sie ihre Zähne wie ein verliebtes Gorillaweibchen.

Ich weiß, wovon ich rede. Wir haben in der Schule erst vor ein paar Wochen eine Dokumentation über die Brautschau bei Tieren geguckt.

Ahhh. Total peinlich.

Reden Erwachsene immer so einen Quark daher, wenn sie sich gut finden? Dann will ich niemals in meinem Leben älter als dreizehn werden. Und wieso nennt sie ihn jetzt plötzlich Basti? Das passt überhaupt nicht zu ihm.

„Wo ist eigentlich Lotta?“ Die Supertussi-Mutter erinnert sich plötzlich, dass sie noch mehr Kinder hat, und schaut sich suchend um. Schließlich bleibt ihr Blick an mir hängen und nun guckt sie wie eine Boa constrictor. Also echt. Diese Frau sollte als Tierimitatorin im Fernsehen auftreten.

„Vielleicht noch in unserer Villa?“, murmle ich und hoffe gleichzeitig sehr, dass ich Unrecht habe. Ich sage extra *unsere* Villa, schließlich hat Sebastian Pfeffer sein schönes Haus freiwillig mit uns getauscht.

Leider sitzen Lotta und Jonas wirklich immer noch auf der großen Treppe, als wären sie dort angewachsen. Allerdings hat sich Herr Schiller zu ihnen gesellt. Er hockt auf Jonas' Schulter und knabbert liebevoll an seinem Ohrläppchen herum.

So ein Verräter! Ich wüsste gerne, wie Jonas das geschafft hat. Normalerweise macht Herr Schiller das nur bei mir.

Lotta ist natürlich schwer beeindruckt davon und säuselt ihm die Ohren ab. „Ist das süüüüüß. Du warst ja schon immer ein totaler Tierfreund. Bestimmt wird aus dir später ein großer Tierforscher oder so. Der Vogel passt echt gut zu dir.“

Jonas als Tierforscher – was für ein Quatsch! Und seit wann *passen* Tiere zu Menschen wie gelbe Wollmützen oder grüne Schals?

„Herr Schiller ist zahm, weil ich ihn als Baby im Wald gefunden habe", kläre ich Lotta auf und versuche dabei, meine aufgebrachte Mickymaus-Stimme in den Griff zu kriegen. „Dass er am Ohrläppchen knabbert, ist so etwas wie ein Tick. Nichts Besonderes. Komm zu mir, Schätzchen", locke ich meine Krähe.

Herr Schiller starrt mich unentschlossen an. Er legt seinen Kopf schräg und sieht so aus, als würde er über etwas nachdenken. Irgendetwas an mir scheint ihm nicht zu gefallen, denn er rollt seine niedlichen schwarzen Knopfaugen so nervös, dass mir ganz schwindlig wird.

Ich muss mich schwer zusammenreißen, damit ich ihn nicht einfach von Jonas' Schulter wegschnappe. „Süßer!", säusle ich fast so schmalzig wie die Supertussi-Mutter. „Jetzt komm schon her. Wir wollen noch ein wenig Musik machen. Ich hab ein paar neue Songs für dich geschrieben. Sehr cool."

Ich mache ein gurrendes Geräusch ganz hinten in meinem Hals. Das kriegt meine Krähe sonst nur zu hören, wenn es etwas zu fressen gibt. Aber das wissen Lotta und ihre Mutter ja nicht.

Das hier ist ein Notfall, keine Frage.

Leider weckt mein kehliges Geräusch auch den

Stubentiger auf. Verschlafen blinzelt er erst mich und dann Herrn Schiller an. Im gleichen Augenblick spüre ich, wie sich sein gesamtes Fell aufstellt wie gegen den Strich gebürstet. Er haut seine Krallen erneut schmerzhaft in meine zarte Haut. Mir kommt die schreckliche Idee, dass er mich als Startrampe benutzen will, um sich in der allernächsten Sekunde auf Herrn Schiller zu stürzen.

Um genau das zu verhindern, mache ich einen Riesensatz nach hinten, direkt auf Linus' Fuß. Linus schreit gequält auf.

Tatze rutscht mit gesträubtem Haar an mir hinunter und flüchtet sich panisch in Linus' Arme, während Herr Schiller mit einem zornigen Schrei in die Luft steigt und ins Wohnzimmer verschwindet. Dort landet er auf den Klaviertasten und beginnt, die Tonleiter bis zum hohen C hinaufzuhacken.

„Was ist das denn für ein Theater hier?“, ruft die Supertussi-Mutter entsetzt und schaut Herrn Pfeffer Hilfe suchend an.

„Das ist Herr Schiller!“, antwortet mein Musiklehrer strahlend. „Er kann großartig rappen und ist auch sonst sehr musikalisch. Er hilft mir gerade dabei, eine Kinderoper zu komponieren. Du ahnst nicht, wie mich das inspiriert!“

Katrin Berlin schaut Sebastian Pfeffer an, als hätte er den Verstand verloren.

„Aha", krächzt sie schließlich fast so heiser wie Herr Schiller. „Ich staune. Wirklich. Ich wundere mich ganz außerordentlich. Du konntest Tiere doch noch nie leiden …"

Herr Pfeffer zuckt grinsend mit den Achseln. „Warte es ab, Katrin. Ein paar Wochen, und ihr werdet diesen begabten Vogel lieben und er euch. Hör dir mal an, wie wunderbar Herr Schiller und ich zusammen spielen …"

Er rennt hinüber ins Wohnzimmer und gleich darauf erklingt eine romantische Melodie. Tatsächlich beruhigt sich Herr Schiller und pendelt sich auf einen Dreiklang ein.

Trotzdem. Alles Quark. Die Supertussi-Mutter ist allergisch gegen musikalisches Federvieh, das sieht mein geübtes Auge sofort. Lotta tut nur so, als ob sie sich für Herrn Schiller interessiert, um Jonas zu schmeicheln. Und Linus hat genug mit Tatze um die Ohren. Dass Herr Schiller sich nicht für diese doofe Berlin-Family erwärmt – na, darum werde ich mich schnellstens kümmern. Keine Sorge.

„Mama ist eifersüchtig auf diese Katrin Berlin, keine Frage“, stellt Kassia fest, als die Berliner mit Herrn Pfeffer zum Schokoladetrinken verschwunden sind. „Sonst wäre sie gerade nicht so zickig geworden. Schlau war das nicht. Jetzt macht es sich Herr Pfeffer bei dieser Tussi gemütlich.“

Sie wirft sich auf das Sofa im Wohnzimmer und starrt gedankenvoll an die Decke. „Du hast Jonas noch keinen Kuss verpasst, oder? Dann würde er nicht die ganze Zeit mit dieser stressigen Lotta abhängen. Rate ich dir aber dringend. Voll chaotisch alles.“ Sie seufzt.

„Na toll, aber du hast den kompletten Durchblick.“ Gerade könnte ich Kassia für ihr albernes Gequatsche echt in der Luft zerreißen. Tut mir leid. Küssen kommt nicht infrage. „Warum soll Herr Pfeffer nicht heiße Schokolade bei dieser Katrin trinken, und was Lotta und Jonas so treiben, das ist mir ja so was von egal!“, widerspreche ich lahm.

Kassia richtet sich empört auf. „Ach, und warum spielen Mama und du dann verrückt? Ich habe schon richtig Kopfweh davon."

Grrr. Gleich platze ich. Ich setze mich ans Klavier und fange an, wahllos auf den Tasten herumzuhauen. Das hört sich an wie ein Erdbeben und ein Gewitter gleichzeitig. Herr Schiller, der nach seinem Konzert mit Sebastian Pfeffer erschöpft auf dem Notenständer vor sich hingedöst hatte, stößt einen gequälten Schrei aus und pickt nach mir. Das hat er noch nie gemacht.

„Aua! Spinnst du?" Ich schubse ihn genervt weg.

Herr Schiller pickt mich ein zweites Mal und bringt sich sogleich im Treppenhaus in Sicherheit. Die Stelle an meinem Arm tut echt weh. Bestimmt kriege ich einen blauen Fleck.

„Mama und ich spielen nicht verrückt", sage ich trotzig. „Das bildest du dir nur ein. Kümmere dich um deine Aliens. Da weißt du besser Bescheid."

Kassia guckt mich überlegen an. „Ach, und warum seid ihr dann so grantig?"

Ich schüttle so heftig den Kopf, als ob ich damit meine wirren Gedanken ordnen könnte. „Und warum weißt du immer alles besser?"

Ich würde eher auf ein halbes Jahr Nachtisch verzichten, als zuzugeben, dass ich für einen kurzen Moment selbst vermutet habe, dass unsere Mutter eifersüchtig sein könnte. Aber aus welchem Grund?

Kassia sieht mich ewig lange an und schweigt.

Sie hat wirklich haargenau die gleichen braunen Augen wie unser Papa, mit einem winzigen blauen Punkt in der linken Iris. Nur Kassia hat diesen Papa-Punkt, Jules und meine Augen sind heller.

Ähnlich wissend wie meine Schwester jetzt gerade hat Papa mich angeguckt, wenn ich mal etwas ausgefressen hatte, es aber nicht zugeben wollte. Ich erinnere mich so gut daran, als wenn er mich heute Morgen das letzte Mal so angesehen hätte. Plötzlich muss ich auch an sein Grübchen unten am Kinn denken.

„Das ist wie ein kleiner See“, hat Mama kichernd gesagt, als ihm einmal seine eigene Spucke hineingelaufen ist.

Im gleichen Augenblick fühle ich einen schrecklichen Stich in meiner Brust. Papas Grübchensee und seine braunen Augen fehlen mir ganz schrecklich. So, wie überhaupt der ganze Papa. Ich merke, wie sich mein Gesicht verzieht, als ob ich einen Krampf hätte. Das fühlt sich total ekelhaft an. Ich sehe Kassia nur noch ganz verschwommen, weil meine Augen voller Tränen sind.

„Wieso schneidest du so eine grässliche Grimasse und heulst dabei?", fragt Kassia ruppig, aber irgendetwas in ihrer Stimme klingt anders als sonst, wenn sie mit mir zankt, und ich mag nicht gleich wieder lospoltern.

„Ich brauche keinen neuen Papa. Ich möchte unseren Papa wiederhaben", antwortet mein Mund und ich schluchze los. Ich fühle mich, als ob das gar nicht ich wäre, die da spricht und weint, und höre mir ganz erschrocken zu.

„Welcher neue Papa? Meinst du etwa Herrn Pfeffer?", fragt Kassia heftig. „Wie kommst du denn auf den Mist? Es gibt auf der ganzen Welt keinen anderen Papa außer unserem Papa. Ende der Diskussion."

Mir laufen die Tränen wie ein Gebirgsbach über die Wangen, aber wenigstens kann ich Kassia wieder sehen. Sie heult ebenfalls. Das ist echt ein Ding. Sie weint nämlich nie.

„Dann ist es ja eigentlich gut, wenn ab heute diese Katrin heiße Schokolade für Herrn Pfeffer kocht", sage ich schließlich mit weinerlicher Stimme. „Nicht dass Herr Pfeffer da was missversteht und denkt, nur weil Mama ihm seinen Lieblingskuchen backt und mit ihm ins Restaurant geht, ist er plötzlich unser neuer Vater."

Kassia nickt eifrig. „Du hast Recht. Das ist wirklich viel besser. Alles soll so bleiben, wie es ist.“ Sie zeigt mit dem Daumen nach oben.

Unglaublich!

Meine Besserwisser-Schwester hat mir Recht gegeben, einfach so. Ich muss den heutigen Tag unbedingt auf unserem Kalender anstreichen, der in der Küche hängt. Denn das kommt bestimmt in hundert Jahren nicht mehr vor.

„Das heißt aber nicht, dass du Jonas nicht mehr küssen solltest“, legt Kassia in diesem Moment nach. „Wir müssen ja nicht alle Pfeffers an die Berlin-Familie abgeben. Und schon gar nicht an diese eingebildete Lotta. Oder möchtest du ab jetzt lieber mit Linus befreundet sein?“

Das ist typisch meine Schwester. Kaum findet man sie mal eine Minute nett, geht sie einem in der nächsten doppelt auf den Geist. Wenn sie nicht auf der Stelle mit ihrer bescheuerten Kuss-Wahnidee aufhört, drehe ich durch.

Ich schüttle heftig den Kopf. „Das will ich auf gar keinen Fall. Weder das eine noch das andere. Und jetzt muss ich dringend mit Herrn Schiller die neuen Songs einüben, die ich geschrieben habe.“

Ich stürme die Treppe hinauf und stelle dabei einen

neuen Geschwindigkeitsrekord auf. Drei Stufen auf einmal, das habe ich noch nie geschafft.

Herr Schiller sitzt ganz oben auf dem Treppengeländer und lässt mich nicht aus den Augen.

„Komm Süßer, es gibt Arbeit", rufe ich ihm zu und schnippe mit zwei Fingern. Das Zeichen habe ich ihm beigebracht, als wir als Schulband aufgetreten sind.

Seltsamerweise reagiert er nicht.

Ich schnippe noch einmal. „Die neuen Songs sind cool! Richtig fies!" Ich mache ein paar Tanzschritte vor ihm.

Herr Schiller dreht sein Köpfchen weg und guckt so gelangweilt an die Decke, als wäre ich Luft für ihn.

Boah, jetzt langt es mir aber bald. Sind heute eigentlich alle total crazy? „Los!", sage ich energisch und strecke den Arm aus, um ihn mir zu schnappen.

Im gleichen Moment breitet meine Krähe ihre Flügel aus und segelt davon.

Ich gucke Herrn Schiller verblüfft hinterher. Grübelnd verschwinde ich in meine Dachkammer. Aber so lange ich auch nachdenke: Ich finde einfach keine Erklärung dafür, warum Herr Schiller mich links liegen lässt.

Kassia will ich auf keinen Fall um Rat fragen. Eine Besserwisser-Dosis pro Tag reicht mir. Und Mama, die Spezialistin für eingeschnappte Tiere, ist immer noch nicht von dem nervenkranken Meerschweinchen zurück. Außerdem bin ich nicht sicher, was ich ihr alles erzählen soll. Wenn sich ein Tier komisch verhält, muss Mama von seinem Besitzer haargenau wissen, was in den Stunden oder Tagen davor passiert ist. Und das zu erzählen, habe ich wirklich keine Lust. Im Gegenteil. Ich möchte die letzten Stunden möglichst schnell aus meinem Kopf verbannen.

Ich beschließe, die Songs einfach schon mal alleine einzuüben. Herr Schiller wird sich sicher schnell wieder einkriegen.

Wo ist denn mein Schreibblock? Ach ja, ich habe die Schultasche daraufgelegt, weil Linus so neugierig rübergeschielt hat.

Aber als ich meinen Rucksack anhebe, traue ich meinen Augen nicht. Da liegt ja ein neuer Brief von Jonas auf meinem Block! Mein Herz klopft plötzlich wie verrückt.

Und dann sehe ich etwas, was mich fast aus den Latschen kippen lässt. Ausgerechnet mein neuer Pfefferbacken-Rap fehlt. Jemand hat ihn mir einfach geklaut.

Wer war heimlich in meinem Zimmer? Bevor ich mir diese Frage überhaupt stelle, weiß ich schon die Antwort. Und die haut mich total um.

Ich male mir aus, wie Jonas und Lotta kichernd in mein Zimmer geschlichen sind und sich alles genau angeguckt haben. Lotta hat sich sicher über meine alte Puppe Susi mit der eingedrückten Nase lustig gemacht. Sie sitzt immer noch auf meinem Kissen und begrüßt mich, wenn ich ins Bett gehe.

Auf einmal bin ich schrecklich froh, dass Mama mein Chaos aufgeräumt hat.

Und gleichzeitig stinkwütend.

Wer von den beiden hat meinen Song mitgenommen? Mir wird total heiß bei dem Gedanken, dass sich Jonas in dem Rap wiedererkennen könnte. Im gleichen Moment fällt mir ein, dass die Schrift vom Heulen ja ganz verschmiert war. Quasi unlesbar. Hoffentlich …

Der Brief fühlt sich viel dicker an als der erste. Anscheinend hat er mehr geschrieben als vorher. Bestimmt will er sich bei Frau Glöckner einschleimen. Es geht schließlich um seine Deutschnote.

Ich setze mich auf mein Bett und starre den Brief an. Keine Ahnung, warum ich es nicht schaffe, ihn einfach aufzureißen. Irgendetwas kommt mir komisch vor. Warum hat er den Brief nicht in unseren Briefkasten geworfen wie abgemacht? Oder ihn mir direkt gegeben? War ihm das wegen Lotta zu peinlich? Es geht doch nur um eine Deutsch-Hausaufgabe!

Lotta … Urplötzlich schießt mir ein Bild durch den Kopf: Jonas und Lotta sitzen an Jonas' Schreibtisch, stecken die Köpfe zusammen und Jonas schreibt etwas. Etwa meinen Brief?

Ha! Das wäre ja echt …

Entschlossen schlitze ich den Brief auf. Es befindet sich ein Notenblatt darin, das so voller Noten gekritzelt ist, dass es auch als Bild aus dem Kunstunterricht durchgehen könnte. Und ein liniertes Blatt mit einem Text.

Ich starre verblüfft auf die krakeligen Zeilen. Eindeutig Jonas' Schrift.

Hey du!
Briefe schreiben ist echt schwer,
deshalb muss ein Song von mir her.

Bin ganz verrückt,
total entzückt
von deinem Rap.
Fühl mich als Depp
dabei.
Wie das komplette Weichei!
Weil du abrockst,
Power verzockst.
Du coole Socke!
Wenn ich diesen Song verbocke,
lach mich einfach aus.
Ich mache mir nichts draus.
Yeah! Yeah! Yeah!

Gruß von Jonas

Das ist wirklich der Hammer. Auf diese Idee ist Jonas niemals alleine gekommen. Das ist ja … nee … mir bleibt die Spucke weg. Im selben Moment wird mir ganz heiß. Das hat sich doch hundertprozentig diese Lotta ausgedacht. Also, nicht den Rap. Der ist ja fast … süß. So etwas kann die Tussi nicht. Aber sie hat Jonas dazu angestiftet. Und jetzt lachen sie sich bestimmt gerade über mich kaputt, weil sie hoffen, dass ich den Text ernst nehme.

Boah, wie gemein! Aber ich bin doch nicht doof. Ich lasse mich nicht veräppeln. Ich möchte gar nicht wissen, was sie mit meinem Pfefferbacken-Rap vorhaben. Wenn sie meine Klaue überhaupt lesen können.

Aber warte nur, Jonas Pfeffer. Rache ist süß. Also: Schnall dich schon mal an, mein Lieber!

Ich schnappe mir meinen Schreibblock und lege los.

Hey du!
Hältst mich wohl für eine dumme Kuh!
Deine zuckersüßen Worte
schmecken scharf wie Pfeffertorte.
Diese
fiese
miese
Brise!
Hohn
verdirbt mir nicht den Ton.
Ich mache immer weiter,
dein Spott stimmt mich bloß heiter.
Tschüss, Pfefferboy.
Ich sag Ahoi.

Als ich mit dem Song fertig bin, geht es mir gleich besser. Als ob ein dicker Klumpen Ich-weiß-nicht-was von meiner Seele geplumpst wäre. Jetzt muss ich nur noch den Kloß in meinem Hals loswerden, der mich dazu bringen will, dass ich losheule, weil Jonas Pfeffer sich ausgerechnet mit Lotta Berlin verbündet hat.

„Das Leben ist kein Ponyhof", hat Papa immer gesagt, wenn ich traurig war und er mich trösten musste.

Seit Papa nicht mehr lebt, muss ich mich selbst trösten. Mama hat genug eigene Sorgen, die kann ich nicht auch noch mit meinem Kummer belasten.

Aber zum Glück habe ich ja meine Songs und Herrn Schiller, auch wenn der gerade wegen irgendetwas beleidigt ist und sich verzogen hat. Und manchmal hilft es sogar, wenn ich in die Gesichter meiner Schwestern gucke. Dann bin ich richtig froh, dass wir zu dritt sind.

So. Jetzt brauche ich nur noch einen weißen Umschlag – ein zweites Mal bastle ich keinen mit Blümchen drauf – und dann kriegt Jonas Pfeffer den Brief noch heute zugestellt. Damit er was zum Grübeln hat.

Als ich voller Tatendrang aus meiner Dachkammer nach unten stürme, sehe ich gerade noch aus dem Augenwinkel, wie mir Herr Schiller beleidigt seinen gefiederten Rücken zukehrt und gleich wieder davondüst. Wenn das so weitergeht, muss er doch noch bei Mama auf das Tiertherapie-Sofa. Aber ehrlich.

Ich vergewissere mich, dass Mama noch nicht zurück ist, und schleiche mich schnell in ihr Büro. In ihrem Schreibtisch zu wühlen, hat sie mir und meinen Schwestern streng verboten. Aber ich weiß, wo die Briefumschläge liegen, und sie kriegt gar nichts davon mit, wenn ich ab und zu einen stibitze.

Plötzlich höre ich draußen die Autotür zuschlagen.

Bloß schnell weg hier! Ich flüchte gerade noch rechtzeitig in den Flur. Da kommt sie auch schon durch die Haustür. Sofort fällt mir auf, wie müde sie aussieht. War wohl anstrengend, das kranke Meerschweinchen zu behandeln. Oder hat sie vielleicht Kummer?

„Hallo, Mami!“, rufe ich und falle ihr um den Hals. „Ich freue mich so, dass du wieder da bist.“ Ich muss sie ganz fest drücken und küssen. Nicht wegen des Briefumschlags aus ihrem Büro, sondern weil ich sie total lieb habe und nicht möchte, dass sie so schwer arbeitet.

„Trinken wir heiße Schokolade, Mama? Ich hab total Lust darauf.“ Jule hat sich direkt hinter unserer

Mutter durch die Tür gedrückt. Sie ist von oben bis unten mit Heu bedeckt.

Bestimmt hat sie Eddys Stall ausgemistet. Denn obwohl sie meine jüngste Schwester ist, versorgt sie unsere Haustiere total gewissenhaft. Ich bin dazu meistens zu faul oder habe etwas Besseres vor.

„Kakao! Lecker!“, brüllt Kassia aus dem Wohnzimmer. Sie liegt auf dem Sofa und liest wieder einmal in einem ihrer Sternenbücher. Die sind so dick, dass man sie kaum halten kann.

„Okay. Dann setzt schon mal die Milch auf und schneidet die Schokolade klein, ich ziehe mich nur schnell um“, sagt Mama lächelnd und sieht gleich viel entspannter aus. „Ich muss unbedingt den Meerschweinchen-Duft loswerden, bevor wir es uns gemütlich machen.“ Sie verschwindet im Badezimmer.

„Kassi, machst du das?“, bettle ich mit meinem wirkungsvollsten Hundeblick. „Ich will schnell meine Deutsch-Hausaufgabe einwerfen!“ Ich wedle mit dem leeren Briefumschlag.

„Zieh Leine, Schwester!“, sagt Kassia scheinbar großzügig. In Wirklichkeit will sie nur die Gelegenheit nutzen, heimlich ein paar Schokoladenstückchen zu hamstern. Sie liebt Schokolade nämlich über alles.

Ich falte meine Antwort an Jonas und stecke sie in

den Briefumschlag. Dann schreibe ich seinen Namen *und* die Adresse auf die Vorderseite und klebe den Umschlag sorgfältig zu.

In dem Augenblick, als der Brief im Briefkasten der Pfeffers verschwindet, löst sich auch der dicke Kloß in meinem Hals in nichts auf.

„Rache ist süß, Jonas Pfeffer!“, wiederhole ich genüsslich. „Süßer ist nur die heiße Schokolade von meiner Mama!“

Und dann düse ich in höchster Eile nach Hause, damit meine Schwestern mir nicht alles wegtrinken.

Als ich am nächsten Morgen aufwache und total ausgeschlafen aus dem Bett springe, freue ich mich seit Langem wieder mal auf die Schule. Also – damit es kein Missverständnis gibt – auf den Unterricht natürlich nicht, aber auf Jonas Pfeffer. Genauer gesagt: auf sein dummes Gesicht.

Ich hasse es nun einmal, wenn man sich über mich lustig macht. Und ich freue mich, dass ich ihm auf seinen albernen Brief sofort geantwortet und mich nicht heulend in eine Ecke geworfen habe. So typisch Mädchen eben (denken die Jungs).

Ich hoffe echt, dass er sich in Grund und Boden geschämt hat, als er meinen Gegen-Rap gelesen hat. Der außerdem tausendmal besser klingt als seiner.

Seiner reimt sich ja nicht mal richtig, jedenfalls holpert er so vor sich hin. Das wäre alles gar nicht schlimm gewesen, wenn er es ehrlich gemeint hätte. Aber mir ist ja klar, dass die Supertussi hinter allem steckt.

Schade. Jonas und ich waren gerade dabei, richtig gute Freunde zu werden.

„Maxie!“, ruft unsere Mutter erstaunt, als ich in die Küche sprinte wie sonst nur, wenn ich Geburtstag habe und mich auf meinen Geschenkeberg stürzen will. „Ist irgendetwas passiert?“ Im Gegensatz zu mir sieht Mama gar nicht frisch aus. Sie hat dicke Augenringe und kaut lustlos auf einem Knäckebrot herum. Als hätte sie die ganze Nacht überhaupt nicht geschlafen.

„Nö, gar nichts, Mami“, antworte ich ihr munter. „Ich bin einfach gut gelaunt … Schule ist ja nicht immer doof“, schiebe ich einen Zacken zu altklug hinterher.

Das macht natürlich Superhirn Kassia misstrauisch. „Ahaaaaaa?“, sagt sie und zieht eine Augenbraue hoch wie Frau Glöckner, wenn sie jemanden beim Spicken entdeckt. „Also, entweder du erzählst Quatsch oder …“

„Oder was?“ Heute Morgen fühle ich mich so stark, dass nicht einmal Kassia mich überrumpeln kann.

„Oder es haben dich Aliens auf ihren Planeten entführt und eine Gehirnwäsche mit dir gemacht. Ab heute bist du der totale Streber und gewinnst den nächsten Aufsatzwettbewerb." Sie grinst mich frech an.

Normalerweise würde mich meine Schwester mit so einem dummen Spruch komplett auf die Palme bringen. Aber ich bleibe absolut entspannt. „Kassi, Süße!", säusle ich los. „Du kannst ja außer Mathe auch Gedanken lesen. Die Aliens waren total putzig und sahen aus wie eine Mischung aus dem Osterhasen und dir." Ich schnappe mir meine Frühstücksdose und düse los.

„Mach den Mund zu, es zieht, Kassilein. Tschüss Mami, mach mal 'ne kleine Pause, du siehst echt überarbeitet aus", rufe ich im Hinausgehen.

„Maxie, warte auf mich!", brüllt Jule mir hinterher. Sie hat mit aufgerissenen Augen dagesessen und zugehört. „Ist das wahr mit diesen Außerirdischen?" Sie holt mich vor der Haustür ein und zerrt aufgeregt an meinem Shirt. „Bitte, bitte, erzähl! Damit ich es Rosanna weitersagen kann."

Also, manchmal benimmt sich Jule, als wäre sie vier. Man kann doch mit fast zehn Jahren nicht noch an Aliens glauben – Kassia ausgenommen natürlich.

„War doch nur Quatsch", sage ich kopfschüttelnd.

Im gleichen Augenblick schlägt bei den Pfeffers ein Fenster zu. Mein Herz setzt vor Schreck einen Schlag aus. Kann es sein, dass Jonas uns beobachtet? Zutrauen würde ich es ihm.

„Alles nur Quatsch, um Kassia ein bisschen zu ärgern, weil sie mich geärgert hat“, wiederhole ich.

Ich merke, wie meine Schritte immer schneller werden. Ich will heute auf gar keinen Fall zu spät kommen. Für einen kurzen Moment glaube ich fast, dass Kassia doch Recht hat: Ihre Aliens haben mich erwischt und mir eingeflüstert, dass Schule supertoll ist. Oder warum galoppiere ich wie unser Esel Eddy dorthin?

Der Schulhof ist vollgestopft mit Schülern, die alle auf das erste Bimmeln der Schulglocke warten. Es ist eng wie in einem zu kleinen Hamsterkäfig. Kein Wunder, dass ich so gerne zu spät komme.

„Rosanna, hallo, hier bin ich!“, brüllt Jule neben mir so laut, dass es in meinem Ohr zu fiepen beginnt. Sie winkt ihrer besten Freundin aufgeregt zu. „Ich muss dir unbedingt was erzählen. Maxie hat die Außerirdischen jetzt auch gesehen und rate mal, wie die aussehen …“

Na toll! Wenn meine reizende Schwester so weiterbrüllt, weiß gleich die ganze Schule Bescheid.

„Du hast dich mit Aliens getroffen? Das glaube ich

allerdings auch!“, sagt eine heisere Stimme direkt neben mir.

Es ist Jonas, und er hört sich an, als hätte er ein Reibeisen verschluckt. Wohl zu viel frische Luft geschnappt mit der Supertussi gestern.

„Noch nie hat sich jemand so gemein über mich lustig gemacht“, spricht er hastig weiter. „Und ich hab gedacht, wir beide sind Freunde. Hat mich echt umgehauen, dass ich so danebenliege. Aber weißt du was? Du brauchst dir keine weiteren Gemeinheiten einfallen lassen – ab heute bist du nämlich Luft für mich, Maxie Buntschuh! Tschüss!“

Er berührt meine Schulter und für einen kurzen Moment glaube ich, er stößt mich um. Ein Schauer, so elektrisierend wie ein Blitzschlag, jagt durch meinen Körper, als ich seine Hand spüre.

Im selben Moment ertönt die Schulglocke. Lotta taucht hinter Jonas auf und zieht ihn am Ellbogen mit sich fort. „Hey, Jo. Wo warst du denn? Du musst mich Mathe abschreiben lassen, ich hab echt kein Wort von diesen Textaufgaben kapiert.“ Die beiden tauchen im Gewusel unter.

Ich kriege schlagartig das Gefühl, dass die Erde in Wahrheit eine Achterbahn ist. Jedenfalls wird mir so schwindlig, dass ich nicht mehr geradeaus gehen kann. Zum Glück kann ich nicht umkippen, weil ich von drei Seiten ins Treppenhaus gedrängt werde.

Ich kapiere null. Eigentlich sollte sich doch Jonas so fühlen, wie ich mich gerade fühle. Etwas ist da furchtbar schiefgelaufen. Warum ist Jonas so verletzt? Ich war doch zuerst sauer!

Während ich tatsächlich wie jemand vom anderen Stern an meinen Platz schlurfe, schleicht sich der Gedanke in meinen Kopf, dass ich dieses Mal echt Mist gebaut habe. Ich spüre ein gigantisches Donnergrollen hinter meiner Stirn. Fühlt sich an wie die miesesten Kopfschmerzen, die ich je hatte.

„Hei, Maxie! Tatze freut sich schon total darauf, dich wiederzutreffen. Nur doof, dass Chili noch nicht wieder aufgetaucht ist. Meinst du, euer Kater ist weggelaufen?“ Linus stampft mit seinen Wortsilben quer durch mein Gehirn wie ein Elefant.

„Ahhh! Ähhh!“, mehr kann ich nicht dazu sagen, so schmerzt mein Kopf.

„Im Ernst?“, fragt Linus erschrocken. „Ist Chili fort? Wie schrecklich.“ Anscheinend hat er mein Stöhnen falsch verstanden.

„Ahhhhh! Ahhhhh!“ Ich tippe auf meine pochenden Schläfen.

„Ich helfe dir gerne Zettel aufhängen“, sagt Linus hilfsbereit. „Bestimmt hat ihn jemand gefunden und kümmert sich um ihn. Hat deine Mutter schon im Tierheim angerufen?“

Ich schüttle den Kopf. „Mensch, hör schon auf! Ich habe Kopfweh“, fauche ich Linus an. „Und Chili macht sich nichts aus mundfaulen Katern, kapiert?“

Linus guckt mich aus großen verschreckten Augen an, was mich immer total fertigmacht. Obwohl wir gleich alt sind, fühle ich mich dann wie seine Mama. Gerade eher wie seine Urgroßmutter.

„Ist schon okay“, murmele ich. „Hat nichts mit dir zu tun. Ich habe Migräne oder so was.“

Von der Doppelstunde Mathe kriege ich wirklich null mit. Schlecht für die nächste Klassenarbeit, aber das ist mir jetzt auch egal. Ich warte nur auf die große Pause und stürme vor allen anderen hinaus auf den Schulhof.

Dort fläze ich mich auf eine gemütliche Schulbank im Schatten und schließe die Augen. Am allerliebsten würde ich sie bis zum Abitur nicht mehr öffnen.

„Na, Schwesterherz, was hängst du denn hier so herum? Ich denke, heute ist alles megacool!“

Grrr. Ich bin mir sicher, Kassia würde mich selbst als Ameise aus meinem Ameisenhügel herauspicken, mir unangenehme Fragen stellen und die Antworten dann an unsere Mutter weiterpetzen.

„Gar nichts ist cool“, knurre ich mit geschlossenen Augen. „Alles doof.“

Kassia legt ihre kühle Hand auf meine Stirn, und das tut wirklich gut. Ich schnappe mir ihre Hand und patsche sie auf meine Wange.

„Wow, Maxie!“, ruft sie so entsetzt, dass ich die Augen erschrocken aufreiße. „Du hast mindestens 45 Grad Fieber. Was ist denn los?“

Ich seufze so laut, dass ein paar schwatzende Mädchen neugierig stehen bleiben und mich anstarren.

„Weitergehen!“, befiehlt Kassia. „Meine Schwester macht mir nur eine Yoga-Atemübung vor.“ Sie schaut mich besorgt an.

„Jonas ... hat gesagt, ab jetzt ... bin ich ... nur noch ... nur noch Luft für ihn“, stammle ich.

„Was??? Und warum?“

Ich schüttle verzweifelt den Kopf. „Ist zu kompliziert, das jetzt auf die Schnelle zu erklären. Hat was mit der Brief-Hausaufgabe von Frau Glöckner zu tun.“ Ich presse ihre Hand gegen meine Augen, damit ich nicht doch noch zu weinen anfange.

„Maxie. Ach, Mensch. Das tut mir wirklich leid. Der ist ja doof. Ich weiß, das nervt dich jetzt. Aber vielleicht hättest du ihn sicherheitshalber doch küssen sollen. Auch wenn das ein wenig eklig ist. In Filmen funktioniert das immer." Sie setzt sich neben mich und krault mir mit der freien Hand meinen Nacken, wie ich das mit Chili tue, wenn er sich an den Gartenmäusen überfressen hat.

„Weißt du", flüstert Kassia in mein Ohr und rutscht ganz nah an mich heran. „Für jemanden Luft zu sein, ist doch eigentlich so ziemlich das Coolste, was einem passieren kann."

Wie bitte? Das ist mal wieder typisch meine Schwester. Gerade findet man, dass sie die liebste von der ganzen Welt ist, und dann redet sie so einen Bockmist, dass man sie schon wieder kneifen könnte.

„Häh? Wieso?" Gleich werde ich auch noch auf Kassia wütend.

„Na, das ist doch wohl so klar wie eine Matheaufgabe für Erstklässler", sagt sie und schaut mich dabei so mitleidig an, als ob ich gerade eingeschult worden wäre. „Was ist Luft?"

In meinem gerade noch sehr entspannten Nacken fängt es gefährlich an zu kribbeln. „Was Luft ist? Spinnst du?"

Kassia lächelt milde. Dabei bin ich die ältere Schwester und nicht umgekehrt. „Maxie. Was … ist … Luft? Wofür braucht man sie? Hörst du im Unterricht eigentlich jemals zu?“

Ich versuche, gleichmäßig aus- und wieder einzuatmen, damit ich nicht mitten auf dem Schulhof platze.

„Genau“, fährt Kassia ungerührt fort. „Du atmest gerade Luft ein, und zwar jede Menge. Luft ist nämlich Sauerstoff, und den braucht man, damit man nicht erstickt. Kapiert?“

Ich schüttle den Kopf. Aber Kassia ist es ja gewöhnt, dass ich bei solchen Fragen auf dem Schlauch stehe.

„Luft braucht man zum Leben. Anders herum: Wer keine Luft hat, stirbt. Wenn Jonas also zu dir sagt, dass du ab heute Luft für ihn bist, meint er eigentlich, dass er ohne dich nicht leben kann. Oder? Und das ist ziemlich cool.“ Sie schaut mich so zufrieden an, als ob sie gerade mit einem Alien heiße Schokolade getrunken hätte. Oder so etwas in der Art.

Mir fällt dazu erst einmal gar nichts ein. Ein erfrischendes Lüftchen kommt auf und ich atme tief durch. Das tut gut.

„Merkst du es?“, sagt Kassia. „Einmal richtig Luft tanken, und schon geht es dir besser.“

Auch wenn Kassias Theorie ein wenig irre klingt – ich würde sie supergerne glauben. Zum Glück fällt die Deutschstunde bei Frau Glöckner heute aus und wir müssen uns alleine beschäftigen. So kann ich ganz in Ruhe, und ohne dass mich ein Lehrer stört, darüber nachdenken.

Als ich nach sechs Stunden Schule endlich nach Hause darf, bin ich leider immer noch nicht schlauer. Das Einzige, was ich mit Sicherheit weiß: Jonas hat mich kein einziges Mal angeguckt. Nicht einmal heimlich.

Er hat den ganzen Vormittag einfach nirgends hingeguckt, außer auf seine Schulsachen. Ich habe schon angefangen, mir Sorgen zu machen, dass seine Augen stecken bleiben. Auch mit Lotta hat er nicht gequatscht, und davon war diese gar nicht begeistert. Das habe ich genau gesehen, denn ich habe ständig zu Jonas rübergeguckt.

„Tschüss, Jo", ruft Lotta, als es zum Unterrichtsende klingelt. „Ich komm am Nachmittag mit meinem neuen Fahrrad bei dir vorbei. Ich möchte super gerne mit dir an diesen See fahren. Aber vorher gehe ich mit Mama schicke Möbel für mein Zimmer aussuchen. Dann kannst du bei uns übernachten."

Hören sich ja echt toll an, Lottas Pläne. Mir wird

schlecht. Wenn Jonas ausgerechnet Lotta unseren geheimen Ankerplatz zeigt, an dem das himmelblaue Boot liegt, das wir reparieren wollen, dann ticke ich aus.

„Maxie! Ich hab auf dich gewartet!“, ruft Kassia mir entgegen, als ich als Letzte aus unserer Klasse über den Schulhof schlurfe. Sie guckt Lotta neugierig hinterher, die – stehend in die Pedale tretend – auf die Hauptstraße fährt. Das Fahrrad hat einen pinkfarbenen Ledersattel, voll peinlich.

„Na, wie war es?“, fragt sie mich, kaum dass ich bei ihr bin.

„Was denn?“

„Na, mit … Jonas.“ Sie flüstert seinen Namen, weil er in diesem Augenblick geradewegs auf uns zukommt. Wir starren ihn beide an.

„Hallo, Kassia“, sagt er und schafft es tatsächlich, mich dabei komplett zu ignorieren.

„Kannst du diesen Brief mal deiner älteren Schwester Maxie geben? Ist nichts Privates, nur unsere Deutsch-Hausaufgabe.“ Er drückt ihr einen Zettel in die Hand, der ungefähr die Größe einer Briefmarke hat und nicht einmal in einem Umschlag steckt.

„Klar, mache ich, aber warum gibst du ihn ihr eigentlich nicht selbst?“, antwortet Kassia. „Sie steht nämlich direkt neben mir." Sie zeigt mit dem Finger auf mich.

Es gibt niemanden auf diesem Planeten, der so gestrickt ist wie Kassia. Davon bin ich fest überzeugt. Gerade stellt sie es mal wieder unter Beweis. Wie kann man in einem solchen Augenblick nur so sachlich bleiben? Ich selbst sammle jede Menge Sauerstoff in meiner Lunge, damit ich nicht wütend losbrülle.

„Ähm", sagt Jonas und hält die Luft an. Anscheinend geht es ihm genauso. Ein paar Gemeinsamkeiten haben wir also immer noch, auch wenn er mich gerade hasst und ich ihn leider nicht.

„Ähm. Ich bin zu beschäftigt, um ihn ihr selbst zu geben."

Oh Mann. Jonas' Ausreden holpern genauso doll wie sein völlig missglückter Rap-Text. Damit kommt er bei Kassia nie im Leben durch.

„So, beschäftigt", antwortet sie auch direkt wie aus der Pistole geschossen. „Und womit, wenn ich fragen darf?"

Abgesehen davon, dass ich kurz vor dem Ersticken bin, weil ich immer noch nicht atme, überkommt mich plötzlich ein gigantischer Kicheranfall, der mich vermutlich in der übernächsten Sekunde in meine einzelnen Atome zersprengen wird.

„Äh … ja … nein“, stammelt Jonas. „Nein, darfst du nicht. Ist nämlich geheim.“

Es ist heute echt nicht besonders warm, aber Jonas läuft ein Rinnsal Schweiß von der Stirn und tropft unübersehbar auf den gepflasterten Schulhofboden.

„So, so. Geheim“, wiederholt Kassia und wackelt so heftig mit dem Kopf wie das Kasperle im Puppentheater. „Das steht vermutlich noch mit dieser Sauerstoff-Luft-Geschichte von heute Morgen im Zusammenhang, oder?“

Jonas schaut Kassia an, als ob sie komplett verrückt geworden wäre, und ich kann ihn sehr gut verstehen. „Häh?“

„Häh“ scheint momentan Jonas’ und mein Lieblingswort zu sein. Noch mehr Gemeinsames.

„Ich will nach Hause, Kassia, ich hab Hunger“, sage ich ungeduldig. Vom vielen Luftanhalten klingt meine Stimme ganz rau. „Wenn du unbedingt noch weiterquatschen willst, gehe ich schon mal vor.“

Für eine Tausendstelsekunde blitzt so etwas wie Dankbarkeit in Jonas’ Augen auf. Fast kreuzen sich unsere Blicke, aber er schafft es im allerletzten Moment, seinen Kopf abzuwenden.

„Ich muss auch los“, sagt er zu Kassia. „Ich kriege heute Nachmittag Besuch.“

Allerdings. Das habe ich klar und deutlich mitbekommen. Lotta war ja nicht zu überhören.

Ich versuche, einen besonders giftigen Blick in seine Richtung zu schicken, auch wenn er mich gar nicht anguckt.

„Vermutlich willst du nicht mit mir und meiner Schwester gehen, obwohl du denselben Weg hast", blökt Kassia so stur weiter wie die Schafe, zu denen Mama ab und zu gerufen wird.

Jonas schüttelt den Kopf und wird tatsächlich rot.

„Na gut." Kassia nickt. „Dann pass mal schön auf, damit du ihr nicht zufällig begegnest. Den Brief gebe ich ihr auf jeden Fall." Sie hält mir den Zettel hin und sagt: „Hier Maxie. Ein Brief von Jonas. Eure Hausaufgabe."

Plötzlich ist mir alles zu viel. „Ahhhhhhh!", kreische ich los und fetze ihr den Zettel aus der Hand. „Seid ihr eigentlich total crazy?"

Echt cool, wie Jonas schlagartig Panik kriegt. Er rennt einfach los und sagt nicht mal mehr Tschüss zu Kassia. Wahrscheinlich das Klügste, das er tun konnte. Ich kann gerade für nichts garantieren, so wütend bin ich.

„Ich eher weniger", antwortet Kassia entspannt. „Andere deutlich mehr." Sie schaut mich vielsagend an und latscht einfach los.

Ich dackle ihr hinterher wie ein folgsames Haustier. Etwas anderes fällt mir nämlich auf die Schnelle nicht ein und einen Bärenhunger habe ich wirklich, wie immer, wenn ich mich aufrege.

Im letzten Moment überlege ich es mir doch noch und hebe den Zettel vom staubigen Boden auf. Diesen kreativen Erguss will ich mir nicht entgehen lassen. Ich vermute, dass Frau Glöckner ihn mit einer glatten Sechs benoten wird. Geschieht ihm recht!!

Als Kassia und ich endlich am Mittagstisch sitzen, schaufle ich sechs Pfannkuchen hintereinander in mich hinein. Wie gesagt: Stress macht mich furchtbar hungrig. Dabei wundere ich mich ein bisschen, dass es schon wieder Pfannkuchen gibt. Zweimal das gleiche Essen hintereinander – das passiert Mama sonst nie.

Jule hat ihre Freundin Rosanna mitgebracht und diese redet, ohne Luft zu holen, auf mich ein. Jule hat ihr tatsächlich weisgemacht, dass ich in der letzten Nacht Aliens getroffen hätte und jetzt supergerne zur Schule gehen würde. Auch wenn ich das entschieden abstreite, reitet sie immer weiter darauf herum.

Schließlich gebe ich auf. Es ist schon

erstaunlich, wie viele Wörter aus so einem winzigen Mund wie dem von Rosanna herausschießen, ohne dass sie dafür Sauerstoff zu brauchen scheint.

Und noch viel erstaunlicher ist es, dass ich seit Kassias Vortrag in der großen Pause ohne Unterlass darüber nachdenke, wann man wie viel Luft nutzt und wofür.

Auch wenn ich es wirklich gerne anders hätte: Es geht dabei ständig um Jonas und seinen Wutausbruch. Ich wünsche mir nichts sehnlicher, als dass „Luft für jemanden sein" doch nicht so schlimm ist, wie es sich anfühlt.

„Frau Berlin hat angerufen", sagt Mama aus heiterem Himmel, während sie ihr selbst gemachtes Himbeereis auf Schälchen verteilt. Sie guckt genervt.

Tja, Mama und ich können es nicht verleugnen: Wir mögen die Berlins nicht besonders, mit Ausnahme von Linus natürlich. Den findet Mama superreizend.

„Sie möchte, dass ich mir Tatze mal genauer angucke", fährt Mama fort, weil keiner von uns nachfragt, weshalb sie sich gemeldet hat. „Sie sagt, dass es sie auf Dauer völlig stresst, dass Tatze so gar nicht maunzt und schnurrt."

Das finde ich ehrlich gesagt typisch. Vielleicht sollte

sie diese Entscheidung Tatze überlassen und sich nicht ständig in alles einmischen.

„Wahrscheinlich kommt Tatze bei Frau Berlin einfach nicht zu Wort“, lästere ich. „Oder Tatze hat einfach keine Lust, mit ihr zu reden. Habe ich schließlich auch nicht.“

Mama verzieht den Mund und sagt: „Aber Maxie!“ Aber ihre Augen sprechen eine ganz andere Sprache. „Linus bringt Tatze um drei Uhr zur Sprechstunde. Frau Berlin hat ohnehin noch etwas mit Herrn Pfeffer zu besprechen. Lotta soll Saxofonunterricht von ihm bekommen.“

Ah, Sebastian heißt bei Mama jetzt wieder Herr Pfeffer. Sehr interessant.

Jule kriegt ganz kugelrunde Augen. „Saxofon?“, sagt sie sehnsüchtig. „Das würde ich auch gerne lernen.“ Sie guckt Mama bittend an.

„Schlag dir das aus dem Kopf“, kommt Kassia unserer Mutter zu Hilfe. „Dafür muss man so eine große Klappe wie Lotta haben. Öhm, Mund wollte ich natürlich sagen.“ Sie kichert und zwinkert mir verschwörerisch zu.

Ach, Kassia! Gerade bist du wieder die beste aller Schwestern überhaupt. Okay, ich weiß selbst, dass meine Meinung stündlich wechselt. Ich befinde mich halt in einer Krise, oder wie Mama sagt, wenn sie richtig sauer auf mich ist, „auf der Schwelle zur Pubertät". Hört sich schlimmer an als Keuchhusten und Windpocken zusammen, oder?

„Dann soll Linus aber gleich mit Tatze in deiner Praxis verschwinden, Mama", sage ich stirnrunzelnd. „Ich glaube, Herr Schiller kann Tatze nicht leiden. Seit dieser stumme Stubentiger hier aufgetaucht ist, benimmt sich Herr Schiller total seltsam. Wo ist er überhaupt?" Ich schaue mich suchend um. Wenn es Pfannkuchen gibt, ist meine Krähe immer die Erste, die mit dem Schnabel klappert. Pfannkuchen sind neben Rührei seine absoluten Favoriten.

„Als Rosanna und ich heimgekommen sind, hat er gerade einen Ausritt auf Eddy gemacht", sagt Jule. „Danach habe ich ihn nicht mehr gesehen."

Aha. Sehr merkwürdig. Unser Esel und Herr Schiller sind eigentlich nicht so dicke Freunde. Dass Herr Schiller freiwillig auf ihm reitet, habe ich noch nie beobachtet.

„Vielleicht bemerkt Herr Schiller Tatzes Duft an deinem Shirt, Maxie, und ist deshalb beleidigt. Also quasi eifersüchtig", sagt Mama nachdenklich. „Zieh dich einfach um, wenn Tatze da war, und steck deine

Klamotten in die Waschmaschine. Ich gucke mal, ob ich ihn finde. Ich habe extra einen Pfannkuchen für ihn reserviert."

Im selben Moment klopft es an der Küchentür und Linus steckt seinen Kopf herein. „Hallihallo", ruft er freudestrahlend. „Ich dachte, ich komme einfach etwas früher. Lotta ist auch schon losgefahren. Sie muss noch mit Jonas üben."

Haha, ich lache mich schlapp. Von wegen *üben*. Lotta schreibt rotzfrech ab und macht dann lieber zusammen mit Jonas Party am See. So sieht es nämlich aus. Nur prima, dass sie die Fehler, die Jonas macht, gleich mit übernimmt.

Ich würde diese dreiste Lüge am liebsten auf der Stelle ihrer Mutter stecken, aber erstens bin ich keine Petze und zweitens würde Katrin Berlin mir sowieso nicht glauben. Schließlich bekommt ihre Supertussi-Tochter sogar Saxofonunterricht bei Sebastian Pfeffer.

„Es riecht ja so lecker hier", sagt Linus und seine Nasenflügel beben wie bei einem Kaninchen.

„Halt! Der Pfannkuchen ist für Herrn Schiller", rufe ich und gucke Mama Hilfe suchend an. Das Wunder geschieht. Mama nickt zustimmend. „Tut mir leid, Linus. Maxie hat Recht. Wenn Herr Schil-

ler keinen Pfannkuchen kriegt, ist er bis an sein Lebensende beleidigt. Krähen können sehr nachtragend sein. Aber wenn du willst, kannst du gerne meine Portion selbst gemachtes Himbeereis essen."

Unsere Mutter ist eine echte Heldin! Ich muss unbedingt mal einen Rap über sie schreiben. Nie im Leben würde ich freiwillig einen winzigen Happs von diesem göttlichen Himbeereis abgeben.

Linus schaufelt das Eis so gierig in sich hinein, als ob es das erste Eis seines Lebens wäre. Anfangs habe ich ja noch gedacht, dass die Berlin-Kinder nicht genug zu essen kriegen. Ich wollte mir gerne vorstellen, dass die beiden eine echte Rabenmutter haben. Aber mittlerweile weiß ich, dass der spindeldürre Linus einfach ein wenig verfressen ist. Er isst mindestens so viel wie der Mops, der kürzlich bei Mama zur Therapie war, weil er ständig die Tisch- und Stuhlbeine anfraß. Nicht dass Linus auf die Idee käme, an unserer Tischkante zu nagen. Nein! Er hat nur einen ähnlich großen Appetit.

„So, Kinder!", ruft Mama mitten in meine verrückten Gedanken hinein. „Ich muss zur Arbeit, der nächste Patient wartet schon auf mich. Linus, du gehst mit Tatze am besten in Maxies Zimmer und wartest, bis ich dich rufe. Ich muss mir vorher noch

Hamsterdrillinge angucken, die sich nicht leiden können, und eine Riesenschlange, die immer furchtbar traurig ist. Mal sehen, ob ich da überhaupt weiterhelfen kann. Bevor die Schlange nicht wieder weg ist, sollte sich Tatze nicht in der Praxis blicken lassen."

Das war ja klar. Jetzt habe mal wieder ich Linus und seinen Stubentiger am Hals. Vielen Dank, Mutter!

Mal sehen, ob ich ihn wenigstens ein wenig wegen Lotta ausquetschen kann. Ich muss dringend herauskriegen, ob sie Jonas geküsst hat und was sie sonst so mit ihm vorhat.

Und wenn das alles nichts bringt, na, dann muss ich mich vielleicht doch noch opfern. Aber ob ich diesen Mut tatsächlich habe – da bin ich mir nicht sicher.

Kaum haben Linus und ich es uns in meiner Dachkammer gemütlich gemacht, rollt sich Tatze auf meinem Bett zusammen und fällt in seinen berüchtigten Tiefschlaf.

„Vielleicht schläft das Vieh einfach zu viel", sage ich gereizt. „Er vergisst zu schnurren und zu maunzen, weil er die ganze Zeit mit Schlafen beschäftigt ist."

Ich male mir aus, dass ich jetzt auch das ganze Bett abziehen muss und die Kissen absaugen oder sonst was, damit nicht alles nach dem Stubentiger riecht. Sonst lässt sich Herr Schiller nie mehr bei mir blicken. Und das nur wegen eines doofen Katers, der mir gar nicht gehört und den ich nicht besonders gut leiden kann. Na ja, meistens zumindest.

„Ist Lotta schon bei Jonas?", frage ich. Ich würde total gerne Kassis Fernglas herausholen und einfach selbst gucken. Aber ich bin nicht sicher, ob Linus mich dann nicht verraten würde. Wenn Jonas herauskriegt, dass ich ihn die ganze Zeit mit dem Fernglas beobachte, ist alles aus.

„Lotta ist zur gleichen Zeit losgefahren wie ich mit Mama“, sagt Linus. Er guckt aus dem Dachfenster hinüber zum Hexenhaus. „Sie muss schon da sein. Hast du kein Fernglas? Von hier aus kann man ja voll gut Leute überwachen. Ich würde nichts anderes tun.“ Er schaut mich begeistert an.

Ha, der Junge ist ja echt durchtrieben. Eine super Gelegenheit, mich mal so richtig doof zu stellen. „Ist das wahr?“, sage ich übertrieben verwundert. „Auf die Idee bin ich noch gar nicht gekommen.“

Wuahhhhh! Hoffentlich wächst mir bei der Schwindelei nicht gleich eine ellenlange Nase. „Stell dir vor, ich habe sogar ein Fernglas. Also, Kassia hat eines. Es muss hier irgendwo herumliegen.“ Ich ziehe erst einmal ein paar falsche Schubladen auf, obwohl ich es kaum erwarten kann, die Linse an mein Auge zu pressen.

„Ah. Da ist es ja!“ Ich schwenke das Fernglas triumphierend durch die Luft.

„Gib her!“ Linus reißt mir das Ding mit ungeahnter Kraft aus der Hand und guckt hindurch. „Hihihihi, wie lustig. Das ist ja voll cool. Wenn meine Schwester wüsste, dass ich das sehe, dann würde sie mich töten.“ Linus kriegt sich gar nicht mehr ein.

„Jetzt ich!“, fordere ich und packe das Fernglas.

„Noch eine Minute“, sträubt sich Linus. „Ehrlich, Maxie. So was hast du noch nicht gesehen. Wie im Kino!“

Mir wird heiß und kalt. Der Kuss! Natürlich hatte Kassia Recht – wie immer. Das ist wirklich bitter. Linus betrachtet gerade einen astreinen Filmkuss zwischen Jonas und Lotta und ich stehe hier dumm herum und kann nichts dagegen tun. Vermutlich werde ich ohnehin ohnmächtig wie Schneewittchen zu Boden sinken, wenn ich den Kuss mit eigenen Augen sehe. Aber ich muss es einfach tun. Es ist wie ein Zwang, gegen den ich mich nicht wehren kann.

„Es reicht!“, brülle ich so laut, dass sogar Tatze aufwacht und Linus verdattert das Fernglas sinken lässt.

„Ist ja schon gut“, murmelt er friedlich.

Mittlerweile klopft mein Herz so laut, dass es mir fast aus den Ohren springt. Ich halte die Luft an und wage endlich einen Blick.

Ich fasse es nicht. Das hätte ich nie und nimmer für möglich gehalten. Schockiert lasse ich das Fernglas sinken.

„Du hast Recht, Linus“, flüstere ich. „Das ist wirklich der totale Hammer. Wenn ich das jetzt nicht selbst … und von Jonas hätte ich das niemals …“

Ich schmeiße mich ohne Rücksicht auf Tatze auf mein Bett und lache erst mal ewig lange in mein Kissen.

„Total abgefahren, diese Tanzeinlage, oder?", ruft Linus und wirft sich mit glänzenden Augen neben mich. „Ich war in Sebastians Märchentanzgruppe immer der Zwerg, weil ich lange Zeit ziemlich klein war, aber toll singen konnte. Lotta musste den Froschkönig spielen, weil sie schön falsch quakte. Aber du wärst bestimmt Schneewittchen geworden." Er strahlt mich an.

„Ich finde, diese Froschmaske steht Lotta super und sie tanzt mindestens so schön wie Kermit", sage ich kichernd. „Jonas als Rumpelstilzchen ist ein wenig hässlich. Er sieht gruselig aus mit dem Glatzkopf und dem Wallebart. So gar nicht zum Abknutschen." Ich kriege schon wieder einen Lachanfall.

„Ihhhh, abknutschen", kreischt Linus und beißt in ein Kissen. „Du kommst echt auf eklige Gedanken."

Nachdem ich mich einigermaßen beruhigt habe, schnappe ich mir das Fernglas noch einmal ganz in Ruhe und gucke hinüber in Jonas' Zimmer. Lotta hat den plüschigen Kermit-Kopf abgenommen und sitzt erschöpft auf dem Fußboden. Sie macht mit einer kleinen Kamera Fotos von Jonas, der noch immer seinen durchgeknallten Rumpelstilzchen-Tanz vorführt.

„Ich hoffe, Jonas hat auch Fotos von Lotta beim Tanzen gemacht“, sage ich und reiche das Fernglas an Linus weiter. „Das sind klasse Beweisfotos. Wo haben die denn die Kostüme her?“

Linus antwortet nicht gleich, sondern dreht erst einmal die Linsen scharf. „Jetzt gibt Lotta noch mal den Frosch und Jonas macht Fotos“, berichtet er. „Sebastian hat die Masken mitgenommen, als er in unserer Schule aufgehört hat. War immer voll lustig bei ihm. Die Märchenlieder hat er sich alle selbst ausgedacht und sogar die Schritte dazu hat er uns vorgetanzt.“

Ich komme aus dem Lachen gar nicht mehr heraus. „Hat er auch die Masken dazu aufgesetzt?“, frage ich.

„Klar.“ Linus nickt. „Deshalb finden Lotta und ich ihn ja so cool. Und Mama genauso.“

Ich mag Sebastian Pfeffer auch. Obwohl er sich in seiner Anfangszeit als unser neuer Nachbar ganz schön danebenbenommen hat. Aber da fühlte er sich wohl nicht so gut. Das geht ja nicht nur Kindern so, auch Erwachsene haben ab und zu mal richtig Kummer.

Aber zurück zu Lotta und Jonas. Auch wenn ich es ungern zugebe: Die beiden hatten gerade ganz schön viel Spaß. Geküsst haben sie sich zwar nicht, aber irgendwie habe ich das Gefühl, es könnte sehr bald passieren. So wie es mir meine superschlaue Schwester vorausgesagt hat. Ich muss dringend etwas tun.

Bei dem Gedanken, Jonas selbst zu küssen, wird mir jedoch schlagartig ganz komisch.

Vielleicht ist Kassias Vorschlag, so einen Kuss an jemandem zu üben, bei dem es nicht megapeinlich ist, doch nicht so schlecht. Und der Einzige, bei dem ich mich das trauen könnte, befindet sich praktischerweise gerade in meinem Zimmer: Linus.

Der einzige Haken: Ich will Linus auf keinen Fall sagen, wen ich eigentlich küssen will. Schließlich kann ich nicht sicher sein, dass er mein Geheimnis nicht doch an Lotta weiterplappert. Immerhin ist sie seine Zwillingsschwester.

Je mehr ich darüber grüble, um so schummriger wird mir. Ich glaube, ich muss es auf der Stelle tun, sonst verlässt mich für immer und ewig der Mut.

Außerdem ist es beinahe drei Uhr, es kann also jeden Moment unsere Mutter auftauchen und Linus und Tatze zur Therapiestunde bitten.

„D-d-du Linus“, stottere ich. „Ich muss mal dringend einen Test machen. Also, nicht, dass du mich … öhm … es jetzt falsch verstehst. Die Sache hat echt rein gar nichts mit dir … also ich meine, du bist wirklich nicht gemeint. Keine Sorge! Versprochen?“

Linus guckt so, als hätte ich gerade Chinesisch mit ihm geredet. „Häh?“, sagt er verwirrt.

„Mensch Linus, also bitte. Vergackeiern kann ich mich auch alleine. Sei jetzt nicht albern. Es ist nur ein Test!“

Linus wackelt verzweifelt mit dem Kopf. „Was für ein Test? Kopfrechnen? Rechtschreiben? Oder ist das eine Spaßfrage?“

Diese Berlin-Kids sind wirklich anstrengend. Ich bin froh, dass ich zwei so pfiffige Schwestern habe.

„Okay, Linus“, sage ich und verliere die Geduld. „Du hast es nicht anders gewollt. Ich teste jetzt erst einfach so und erkläre es dir später noch mal. Aber nur, wenn es noch nötig ist. Kapiert? Du musst nun deinen Kopf still halten.“

Einmal tief Luft holen, denke ich. Sauerstoff ist immer gut, sagt Kassia auch. Achtung, fertig, los!

Ich ziele mit meinen Lippen auf Linus’ Mund. Als ich so nah dran bin, dass ich sicher treffe, schließe ich schnell meine Augen, damit ich wenigstens nicht sehen muss, was ich da gerade Oberpeinliches mache.

Linus' Mund ist warm und weich, fast so wie der von Mama. Nur dass er nicht wie Mama riecht, höchstens nach ihren Himbeeren. Ich lasse meine Lippen auf seinen Lippen kleben und zähle bis zehn. Denn leider hat Kassia vergessen, mir zu sagen, wie lange es dauert, bis ein Kuss ein richtiger Kuss ist. Bei achteinhalb gebe ich auf, weil ich einen Krampf im Nacken kriege. Wie von einer Biene gestochen, schnelle ich zurück und reiße meine Augen auf.

Ulkigerweise sind Linus' Augen immer noch ganz fest geschlossen. Bestimmt hat er sie vor Bestürzung schnell zugemacht. Er wackelt weder mit dem Kopf, noch rührt er sich sonst irgendwie.

„Fertig!", rufe ich laut, weil ich plötzlich Angst kriege, dass er vor Schreck erstarrt ist.

„WOOOOOW!", sagt er, öffnet die Augen und atmet tief durch.

„WOOOOOW!" Dann streckt er den Kopf vor wie ein Vogel im Nest und sagt: „WOOOOOW! Diesen Test kannst du gleich noch mal machen."

Das ist nicht wahr! Jungs kapieren wirklich gar nichts. Oder tun sie vielleicht nur so? Glaubt Linus allen Ernstes, der Kuss war für ihn bestimmt? Dummerweise strahlt er mich an wie eine Christbaumkerze und ich weiß gerade echt nicht weiter.

Kassia, wo bist du?, denke ich verzweifelt. Wer wie Kassia an Aliens glaubt, kriegt auch Gedankenübertragung hin. Kassia, haaaaaallooo! Komm sofort her und kläre diese Sache für mich.

Im gleichen Moment geht die Zimmertür auf. Es ist aber nicht Kassia, die mich rettet, sondern Mama.

„Der Nächste bitte“, ruft sie fröhlich. „Kater Tatze bitte ins Sprechzimmer.“

Auch gut. Wenigstens bin ich nicht mehr mit Linus alleine.

Solange Mama seinen durchgeknallten Kater behandelt, kann ich mich auf die Socken machen und Kassia suchen. Sie muss mir dringend aus der Patsche helfen. Ich hatte ja gleich etwas gegen diese Kuss-

Nummer. Man sollte einfach immer seinen Gefühlen trauen und nicht jeden Quatsch mitmachen.

„Und Maxie ist heute meine Assistentin! Sie hat ja einen besonders guten Draht zu Tatze", schiebt Mama nach.

Och nee. Das passt mir jetzt gerade gar nicht.

„Stimmt!" Linus strahlt. „Maxie ist eine perfekte Katzenflüsterin."

Na super. Da sind sich ja mal wieder alle einig. Selbst Tatze öffnet ein Auge und zwinkert mir zu. Anscheinend schwebte bei meiner Geburt nur die Stress-Fee über meinem Kopf herum. Alle anderen waren vermutlich gerade im Urlaub oder hatten woanders mehr Spaß.

„Ist die Riesenschlange auch wirklich weg oder hast du sie zur Beobachtung hierbehalten?", frage ich, als wir in Mamas Praxis kommen. Besorgt linse ich in die Käfige. Ich bin schon tierlieb, aber Schlangen sind nicht so mein Fall.

„Die Leute sind erst einmal wieder mit ihr nach Hause gefahren", antwortet Mama. Sie öffnet das Fenster sperrangelweit, damit frische Luft hereinkommt. „Aber geheilt ist die Schlange noch lange nicht. Sie lässt sich furchtbar hängen. Richtig arm dran, das Tierchen."

Weil ich bereits häufiger bei Mamas Therapiesitzungen dabei war, weiß ich Bescheid. „Setz dich mit Tatze schon mal hin“, befehle ich Linus geschäftig.

„Nein, das machst heute du, Maxie“, korrigiert Mama und lotst mich auf das Sofa. „Wir beginnen erst einmal mit ein paar Tests.“

Linus grinst breit und überreicht mir Tatze feierlich. „Tests sind immer gut, nicht wahr, Maxie?“

Grrrr. Da hat Kassia mir ja einen Bärendienst erwiesen. Kuss-Test!!! Hoffentlich hat sie auch einen guten Tipp, wie ich Linus wieder loswerde.

„So, Maxie“, sagt Mama. „Jetzt nimm mal Tatzes Vorderpfoten in die Hand und massiere sie vorsichtig. Das soll den Kater schön entspannen.“

Das tut es. Ihm fallen sofort die Augen zu und er döst eine Runde weiter.

„Mami, ich glaube, Tatze pennt so viel, dass er erst gar nicht zum Schnurren kommt“, wiederhole ich meine Theorie. „Das ist ungefähr wie bei mir: Bevor ich müde werde und zu gähnen anfange, bin ich schon längst eingeschlafen.“

Mama rollt mit ihrem Schreibtischsessel dicht an uns heran und beobachtet Tatze aufmerksam. „Hm. Du könntest gar nicht so Unrecht haben, Maxie. Massiere einfach noch eine Weile weiter.“

Während ich Tatze kraule, macht es sich Linus auf dem Fußboden gemütlich und ratzt wie sein Kater rotzfrech ein. Ist ja ein Ding. Sind Mama und ich die Einzigen, die hier arbeiten? Ich rutsche ein wenig mehr in Liegestellung, damit ich Tatze bequemer massieren kann, und kuschle mich enger an ihn.

„Jetzt die Hinterpfoten", weist Mama mich an. „Und immer schön im Kreis massieren." Sie macht sich eifrig Notizen.

Das ist echt harte Arbeit. Plötzlich fallen auch mir die Augen zu, ich kann mich kaum dagegen wehren.

„Nicht schlafen, Maxie! Schön weitermachen. Ich will mal versuchen, ihn zu hypnotisieren, sobald er ganz entspannt ist", höre ich Mamas Stimme nur noch durch eine Nebelwand.

Na, ich weiß nicht. Mehr Entspannung geht ja schon gar nicht mehr, wenn ich mir den dösenden Tatze so anschaue. Sein Fell fühlt sich so warm an wie eine Wärmflasche. Am liebsten würde ich selbst auf der Stelle losschnurren, so urgemütlich finde ich es nach dem ganzen Stress auf Mamas Therapiesofa. Ist Schlaf eigentlich ansteckend?

Als ich das nächste Mal die Augen öffne, ist es bestimmt eine Stunde später. Mama schnarcht leise in ihrem Bürostuhl vor sich hin und Linus schlummert immer noch auf dem Fußboden. Er murmelt etwas. Hört sich an wie: „Test …“ Ojemine. Das will ich gar nicht genauer wissen.

Nur Tatze schläft nicht. Tatze ist weg. Er ist durch das offene Fenster auf und davon.

„Ich verstehe nicht, wie das passieren konnte“, sagt Mama verzweifelt, als ich sie endlich wach bekommen habe. „Das ist mir noch nie mit einem Patienten passiert.“ Sie guckt aus dem Fenster und schüttelt unentwegt den Kopf. Gleichzeitig stößt sie ulkige Lockgeräusche aus.

„Wie? Was? Tatze ist fort?“, murmelt Linus verschlafen und rappelt sich vom Boden auf.

Irgendwie seltsam. Während wir alle geschlafen haben wie in Dornröschens Schloss, hat sich dieser hinterhältige Stubentiger klammheimlich vom Acker gemacht. Dabei benimmt er sich sonst ängstlicher als Mamas Zwergkaninchen. Das kann man doch einfach nicht verstehen.

„Und wenn es zu regnen anfängt?“, fragt Linus weinerlich. So langsam scheint ihm zu dämmern, was passiert ist. „Dann kriegt er vielleicht einen Herzschlag vor Schreck oder so.“

Dieser Junge ist wirklich eine Heulsuse. Das nervt

mich gerade fürchterlich. Vielleicht aber nur, weil ich am liebsten selbst losflennen würde. Wie so häufig in den letzten Tagen. Ein Wunder ist das alles nicht. Schließlich geht gerade ganz schön viel schief.

„Wir müssen Hilfe holen!“, sagt Mama. „Alleine schaffe ich das nicht.“

Dieser Satz aus Mamas Mund bestürzt mich mehr als alles andere. Noch nie habe ich von unserer Mutter gehört, dass sie irgendetwas nicht hinkriegt.

„Vielleicht die Feuerwehr?“, schlage ich vor. „Oder Kassia? … Oder Kassia und die Feuerwehr?“

Mama schüttelt den Kopf. „Feuerwehr macht nur Sinn, wenn Tatze irgendwo in einem Baum festsitzt. Die schicken ja niemanden zum Suchen los. Aber Kassia kannst du Bescheid sagen, Jule auch, und ich selbst werde wohl oder übel Herrn Pfeffer informieren müssen und Frau Berlin. Die zwei glucken ohnehin gerade wieder zusammen, habe ich zufällig gesehen.“

Oh, oh, oh.

Seit Mama Sebastian Pfeffer nicht mehr *Sebastian* nennt, sondern wieder *Herr Pfeffer*, kriege ich jedes Mal Bauchweh, wenn sie von ihm spricht. Sie macht nämlich immer ein sehr trauriges Gesicht dabei. Dann möchte ich sie am liebsten ganz lange knuddeln. Aber dafür ist jetzt keine Zeit.

„Okay, Mami“, sage ich geknickt.

„Und ich gehe schon mal los und durchkämme den Garten“, verkündet Linus. „Oder möchtest du gerne, dass ich mit dir mitkomme, Maxie?“

Ich schüttle entsetzt den Kopf. „Auf gar keinen Fall. Ich muss unter vier Augen mit Kassia sprechen. Sie ist Spezialistin für Krisen.“

Mama zieht eine Augenbraue hoch, und auch Linus guckt skeptisch. Na ja. Ich selbst bin ja auch nicht davon überzeugt. Mit dem Kuss-Test hat sie schon mal keinen Treffer gelandet.

Ich stiefele eilig los. Je länger wir warten, desto unwahrscheinlicher wird es, dass wir Tatze finden. So verrückt, wie dieser Kater ist, macht er sich auf seinen vier Pfoten womöglich Richtung Berlin auf.

„Tatze ist weg?“, kreischt Kassia entsetzt, als ich ihr Bericht erstatte. „Die Planeten meinen es echt gerade gar nicht gut mit uns.“ Sie guckt durch das kleine Sternen-Fernrohr, das sie immer mit sich herumträgt, in den Himmel, als ob sie dort die Lösung für unsere Schwierigkeiten fände.

„Vielleicht nimmst du besser das Fernglas zur Hand. Bis zum Mars ist Tatze sicher nicht gerannt“, sage ich

gereizt und könnte mir im gleichen Augenblick die Zunge dafür abbeißen. Kassias Fernglas liegt schließlich in meinem Zimmer. Ich bin wirklich schon ganz wirr im Kopf.

„Wenn ich nur wüsste, wo das Ding geblieben ist ...“, erwidert Kassia, ohne das Sternenrohr abzusetzen. „Sieht finster aus. Jede Menge Turbulenzen in Sicht. Wo ist Mama? Hinüber zu den Pfeffers? Ich glaube, wir müssen sie dringend unterstützen.“

Als wir über unsere Veranda und dann quer durch den Garten zum Hexenhaus laufen, kommen uns Jule und Jonas' kleiner Bruder Lukas entgegen.

„Tatze ist weg?“, ruft Jule aufgeregt. „Wir reiten mit Eddy los und suchen den Straßenrand ab. Vielleicht hat er sich irgendwo in den Büschen verkrochen.“

Noch bevor wir die Haustür erreicht haben, höre ich Lottas und Linus' Mutter schon höchst aufgeregt herumtönen. Sie ist offensichtlich stinksauer. „Wieso haben Sie nicht besser auf Tatze aufgepasst?“, ruft sie aufgebracht.

„Mir ist noch nie ein Patient weggerannt“, verteidigt sich unsere Mutter. „Nicht mal die Sibirische Springmaus, die ständig an ihren Pfoten geknabbert hat.“

Ich höre einen Schrei und für eine Sekunde denke ich, Sebastian Pfeffer hätte eine Hyäne zu Besuch. Aber es ist bloß Katrin Berlin, die einen hysterischen Lachanfall kriegt.

„Aber ein sensibler Kater ist keine Maus aus Sibirien“, kreischt sie. „Da gibt es gewisse Unterschiede im Umgang. Sie sind wirklich eine tolle Tierärztin!“

Mama reißt die Tür auf und stürmt wutentbrannt aus dem Haus. Dabei rennt sie volle Kanne in mich hinein.

„Autsch!“, beschwere ich mich und reibe meinen schmerzenden Arm.

Meine Mutter ist so aufgewühlt, dass sie das nicht einmal zur Kenntnis nimmt. „Von Ihnen muss ich mich nicht beleidigen lassen“, brüllt sie mit überkippender Stimme ins Hexenhaus hinein und schiebt mich einfach zur Seite. Aufgebracht läuft sie auf der Wiese hin und her wie ein Gepard im Käfig.

„Klementine, bitte komm zurück! Katrin meint das nicht so.“ Herr Pfeffer rennt mit hochrotem Kopf hinter Mama her und wirft mich beinahe um.

Ich bringe mich zusammen mit Kassia hinter dem nächsten Rosenbusch in Sicherheit. Mein Bedarf an blauen Flecken ist für heute gedeckt.

„Das ist nur der Schock über Tatzes Verschwinden. Sie hängt eben sehr an dem kleinen Kerl. Wie ich Katrin kenne, wird sie sich gleich entschuldigen“, fährt Sebastian fort.

Mama bleibt wie angewurzelt stehen und funkelt ihn böse an. „Ach, tatsächlich? Zu mir hat sie gesagt, der Kater gehe ihr auf die Nerven. Besonders tierlieb ist das nicht.“

Ich habe es geahnt. Nun rast auch noch Katrin Berlin in den Garten hinaus. „Na und?“, kreischt sie. „Das geht Sie gar nichts an, Frau Buntschuh, das ist schließlich meine Privatangelegenheit. Und entschuldigen werde ich mich auf gar keinen Fall.“ Sie stampft mit dem Fuß auf.

„Na und?“, brüllt Mama in der gleichen Lautstärke zurück. „Genauso ist es meine Angelegenheit, wie ich das finde. Und als Ärztin halte ich so etwas für bedenklich. Vielleicht hatte der Kater einfach keine Lust, mit Ihnen zu reden. Das könnte ich sehr gut verstehen.“ Sie starrt Katrin Berlin feindselig an.

Ha! Genau das sage ich doch schon die ganze Zeit.

„Jetzt ist gleich Schluss mit lustig, Frau Doktor Buntschuh. Wenn Tatze nicht innerhalb von 24 Stunden auftaucht, zeige ich Sie wegen Entführung eines Katers an“, zetert Katrin Berlin los. „Linus!!! Lotta!!!

Hopphopp nach Hause." Sie klatscht ungeduldig in die Hände.

Während Lotta ungewohnt kleinlaut auf dem Rücksitz von Katrin Berlins giftgrünem Auto untertaucht, bleibt Linus todesmutig vor mir stehen und sagt: „Du bist echt das coolste Mädchen, das ich kenne, Maxie. Deshalb bin ich mir auch sicher, dass du Tatze wiederfindest. Mein Kater ist nämlich ein genauso großer Fan von dir wie ich. Tschüss, bis zum nächsten Test!"

Dann setzt er sich strahlend neben Lotta und winkt mir so lange zu, bis das Auto mit aufheulendem Motor Richtung Hauptstraße verschwunden ist.

Also ehrlich – dieser Junge hat wirklich einen Knall!

„Katrin war ja heute ganz schön unter Dampf", sagt Sebastian Pfeffer verlegen. „Wie gesagt, das darf man nicht so ernst nehmen. Katrin ist immer ziemlich … *spontan*. Kann ich noch etwas für dich tun, Klementine?" Er wippt verlegen auf seinen Zehenspitzen auf und ab.

„Oh ja, Sebastian Pfeffer", sagt Mama mit gefährlich leiser Stimme. „Du kannst jetzt ganz *spontan* in deinem Hexenhaus verschwinden und die Haustür fest hinter dir zuschließen, sonst kann ich heute für nichts mehr garantieren.“ Damit dreht sie sich um und läuft zurück in die Villa.

Sebastian Pfeffer schaut ihr mit offenem Mund nach. „Muss ich das jetzt verstehen?“, murmelt er hilflos.

Plötzlich tut er mir leid. „Mama ist manchmal auch ziemlich ... *spontan*“, sage ich. „Und was Frau Berlin zu ihr gesagt hat, war echt gemein. Linus und ich waren dabei, als Tatze verschwunden ist. Ich glaube, er hat uns irgendwie heimlich hypnotisiert.“

Sebastian Pfeffer guckt mich verblüfft an. „Wie geht das denn?“, fragt er.

„Keine Ahnung. Aber Mama hätte es bestimmt herausgefunden, wenn er nicht vorher durchgebrannt wäre.“

Sebastian Pfeffer nickt. „Davon bin ich überzeugt. Ist einfach dumm gelaufen. Wir müssen jetzt alle die Augen offen halten, damit wir Tatze wiederfinden.“

In diesem Moment kommen Jule und Lukas auf Eddy herbeigeritten. Sie sehen verschwitzt aus und haben hochrote Wangen. „Auf der Straße ist er nicht“, rufen sie bedauernd und verschwinden Richtung Stall.

Sebastian Pfeffer seufzt. „Ich fürchte, wir können gerade gar nichts tun außer abwarten. Der Kater kann sich ja überall verstecken.“ Er macht eine hilflose Handbewegung. „Vielleicht taucht Tatze ja auf, wenn er Hunger hat.“

Kassia hat die ganze Zeit keinen einzigen Ton gesagt. Jetzt mischt sie sich zum allerersten Mal ein. „Damit können wir nicht rechnen. Es gibt zu viele Mäuse im Garten. Wir müssen Tatze überlisten. Aber wie?“ Sie schaut sorgenvoll in die untergehende Sonne.

Geknickt verabschiede ich mich von Sebastian Pfeffer. Wenn nicht einmal Kassia eine Idee hat, sieht die Sache finster aus. Ich glaube, Sebastian denkt dasselbe, denn er macht ein höchst ernstes Gesicht.

Erst als ich zusammen mit meinen Schwestern und Mama im Wohnzimmer sitze und wir uns die Köpfe heißreden, wie wir Tatze wiederfinden könnten, fällt mir etwas Ungeheuerliches auf: Während der ganzen Aufregung hat sich Jonas kein einziges Mal bei uns blicken lassen. Ich möchte mir lieber nicht ausmalen, warum.

Als ich endlich in meinem Bett liege, bin ich todmüde. Trotzdem kann ich nicht einschlafen. Mir jagen einfach zu viele Gedanken gleichzeitig durch den Kopf und meine Zehen sind so kalt wie Eiszapfen. Obwohl Sommer ist.

Ich sehe plötzlich wieder Jonas vor mir, wie er mit Lotta durch sein Zimmer tanzt. Das war wirklich so ulkig, dass ich gleich wieder lachen muss.

Man konnte genau merken, wie supergut die beiden sich verstehen. Deshalb ist Kassia mit ihrem Kuss-Tipp gewaltig auf dem Holzweg. Und der doofe Kuss-Test ging komplett nach hinten los. Jetzt himmelt mich versehentlich Linus an, obwohl ich mir genau das von Jonas gewünscht hatte.

Nun fehlt nur noch eine Fünf in Deutsch. Aber die wird bald folgen. Die Sache mit den Briefen hat auch nicht geklappt. Keine Ahnung, wie ich das Frau Glöckner erklären soll. Die Wahrheit glaubt sie sowieso nicht, die klingt viel zu verrückt. Bestimmt düst

Jonas vorher nach Amerika ab, dann bleibe ich alleine sitzen. Schlimmer geht's immer, hätte Papa gesagt und dabei tröstend gegrinst.

Apropos Brief: Irgendwo muss doch noch dieser Zettel sein, den Jonas Kassia für mich gegeben hat. Ich krabble noch mal aus meinem Bett und durchwühle meinen Kleiderberg. Tatsächlich: Der knittrige Zettel ist immer noch in meiner Hosentasche.

Er ist gefühlte tausend Mal gefaltet und ich muss aufpassen, dass ich ihn beim Entfalten nicht zerreiße. Endlich habe ich es geschafft. Ich glätte den Wisch, so gut es geht, und versuche, den Text zu lesen.

Ups!

Die Zeilen sind so winzig klein geschrieben wie auf einem Spickzettel, kaum zu entziffern. Aber mit Papas toller Lupe, die er mir mal zusammen mit seinem alten Briefmarkenalbum geschenkt hat, schaffe ich es.

Wieder ein Rap!

Nett, nett, nett,
war echt komplett, komplett, komplett
von dir entzückt.
Total verrückt!!!!!!!!!!

Schade, schade, schade,
in echt bist du nur fade, fade, fade.
Da ess ich lieber Erdbeermarmelade.
Hab ich viel mehr davon,
als von deinem Zickenton!

Wuäääääääääääähhhhhhhhhh!
Glaub nicht, dass ich noch nach dir kräh.
Ich dreh mich um und geh!
Du und ich ein Liebespaar?
Träum weiter, Maxie,
denn es ist nicht wahr.

Boah! Dreht dieser Junge jetzt ganz durch oder was?

Mir ist heiß und kalt und zum Weinen und mein Herz rast wie bei einem Hundertmeter-Sprint und schlecht ist mir auch und am liebsten würde ich laut losbrüllen, aber das geht irgendwie nicht, weil – ich kriege plötzlich gar keine Luft mehr, denn ich hab ja ganz vergessen zu atmen und – ahhhhhhhhhh!

Jetzt schreie und heule ich doch und zwar beides gleichzeitig und in mein Kissen hinein, damit mich niemand hört.

Was bildet Jonas sich eigentlich ein?

Nach einer halben Ewigkeit habe ich das Gefühl,

dass ich keine einzige Träne mehr übrig habe. Ich putze mir die Nase und versuche, meine Gedanken zu sortieren, wie Kassia das immer super hinkriegt:

Fakt 1: Jonas hat meinen Liebes-Rap geklaut und daraus abgeschrieben.
Fakt 2: Er hat kapiert, dass der Song für ihn bestimmt war.
Fakt 3: Also war trotz der Flennerei nicht alles unleserlich geworden.
Fakt 4: Das ist ein Mega-Pech.
Fakt 5: … und oberoberoberpeinlich dazu.
Fakt 6: Er hasst mich immer noch und zwar immer doller.
Fakt 7: Fakt 1–6 sind zum Verrücktwerden.

„Krah! Krah! Krah! Krah!" Bevor ich weiß, wie mir geschieht, landet Herr Schiller direkt neben meinem Kopf und beginnt eifrig, mir die Tränen von den Wangen zu picken. Das tut ungefähr gleich doll weh wie Pickel ausdrücken, aber ich bleibe trotzdem mucksmäuschenstill liegen und rühre mich nicht.

Schließlich will ich es mir nicht wieder mit ihm

verscherzen. Momentan bin ich einfach nur froh, dass er bei mir ist. Ich habe gar nicht bemerkt, dass er mich die ganze Zeit vom Holzbalken aus beobachtet hat.

„Ach, Herr Schiller", schütte ich ihm mein Herz aus. „Alles geht total schief. Und jetzt ist auch noch Tatze weggelaufen und Mama hat deshalb furchtbar Ärger mit der Supertussi-Mutter. Ich weiß, du kannst Tatze nicht leiden. Aber hast du keine Idee, wie alles wieder ins Lot kommt? Bitte, bitte hilf doch mal ein bisschen mit!"

Wenn er mich mit seinen schwarzen Knopfaugen so nachdenklich anschaut, spüre ich, dass er mir direkt in mein Herz guckt. Vielleicht weiß er ja Rat.

„Krahkrahkrahkrahkrah!", kreischt mein Prinz eifrig und kratzt wie verrückt mit seinem Fuß auf meiner Bettdecke herum.

„Häh?" Ich verstehe leider nur Bahnhof.

Herr Schiller legt den Kopf schief. Dann fliegt er los. Und zwar bis zur Tür und dann wieder zurück zum Bett – immer wieder. So als ob er mich auffordern wollte, mit ihm mitzukommen.

„Weißt du etwa, wo sich Tatze versteckt hat?", frage ich aufgeregt und renne ihm barfuß hinterher.

Er segelt schnurstracks hinunter ins Wohnzimmer und landet auf dem geschlossenen Flügel.

„Was? Hat sich Tatze etwa hier drin verkrochen?“, frage ich entgeistert. Ich weiß gar nicht, ob in einem geschlossenen Flügel genug Sauerstoff ist.

Aber Herr Schiller schüttelt sein Köpfchen so heftig hin und her, dass ein paar Federn durch die Luft fliegen. Schließlich pickt er mich ziemlich doll in den Arm und dann pickt er auf den Klavierdeckel. Das macht er eine ganze Weile abwechselnd und krächzt dazu ohne Unterlass aus lauter Kehle.

„Ahhhh!“, rufe ich und öffne den Deckel. Ich habe nämlich gerade einen sensationellen Geistesblitz. „Du meinst, wir beide sollen uns zusammen einen Such-Rap ausdenken, oder? Genial, einfach genial, Mister Schiller!“

Ich spiele vorsichtig einen Ton und noch einen und dann gleich einen dritten hinterher. Plötzlich entsteht daraus ein total cooler Rhythmus, und ganz wie von selbst tanzen Buchstaben durch meinen Kopf und fügen sich zusammen, und es ist mir piepegal, ob alle im Haus davon aufwachen.

Kraaaaaaaaaaaaaaaaaaaaaaaaaaaaaah!
Hi du, ich such Tatze
mit der süßen Katzenfratze.
Er sagt nicht schnurr, kann nicht miauen.
Ist gestern einfach abgehauen.

Bring ihn zurück,
das freche Stück.
Ich reich zum Schluss
dir artig meinen Krähenfuß.
Und Maxie gibt dir einen Kuss.
Kraaaaaaaaaaaaaaaaaaaaaaaaaaaaaaah!

„Maxie! Was machst du denn für einen furchtbaren Lärm? Du bist ja wohl von allen guten Geistern verlassen.“ Plötzlich steht Mama schlaftrunken in der Tür und schaut uns fassungslos an.

„Nö, gar nicht, Mama“, sage ich vergnügt. „Herr Schiller hatte eine super Idee, wie wir Tatze wiederfinden können.“

„Diese Idee hätte von mir sein können“, sagt Kassia anerkennend. „Nur dass ich lieber mit Planeten quatsche als mit Tieren.“

Wir sitzen alle drei auf dem Rücksitz von Mamas Auto, ich mit Herrn Schiller in der Mitte, und warten darauf, dass Mama ein eiliges Arztgespräch auf ihrem Handy beendet.

„Dauert das noch lange, Mama?“, rufe ich ungeduldig hinaus. „Sonst können wir besser zu Fuß gehen.“ Unsere Mutter winkt ab und telefoniert weiter.

„Krahkrahkrah!“, kreischt mir Herr Schiller ins Ohr und zwickt mich in die Wange. Er will ganz offensichtlich auch los, denn er liebt Autofahren über alles.

Für einen winzigen Moment habe ich heute Morgen gehofft, dass Tatze einfach wieder da ist. Dass er entweder auf Mamas Sofa sitzt – Mama hatte extra das Fenster offen gelassen – oder auf der Türschwelle. Aber leider hat sich meine Hoffnung nicht erfüllt.

Also muss Plan B in Kraft treten. Ich bin wild entschlossen.

„Glaubst du, Herr Pfeffer spielt mit?“, fragt Kassia und krault Herrn Schiller liebevoll unter dem Schnabel.

„Natürlich, was denkst du denn?“, erwidere ich empört.

„Klar macht er das“, stimmt Jule mir zu. „Der Herr Pfeffer ist eigentlich echt lieb. Nur manchmal ein bisschen durcheinander. So wie Lukas auch.“

Mama ist endlich mit dem Telefonieren fertig und springt auf den Fahrersitz. „Tut mir leid, Mäuse“, sagt sie. „Die Riesenschlange zickt. Sie hat sich um den Apfelbaum geschlungen und kommt nicht wieder runter. Jetzt versuchen wir es doch mit Hypnose. Wenn ich euch abgesetzt habe, schaue ich dort gleich mal vorbei.“ Sie startet den Wagen.

„Na, ich weiß nicht“, sagt Kassia skeptisch. „Schlangen sind aber nicht ohne. Sei bloß vorsichtig, Mama.“

Unsere Mutter drückt auf die Hupe, weil der Autofahrer vor ihr an der grünen Ampel träumt. „Bin ich doch immer“, sagt sie und lächelt.

Das stimmt nun nicht so ganz. Tatze hat es ja auch auf wundersame Weise geschafft, uns in einen Tiefschlaf zu versetzen. Denn dass da gestern etwas nicht mit rechten Dingen zuging, davon bin ich mittlerweile fest überzeugt.

„So, da sind wir." Mama fährt etwas zu schnell um die Kurve, sodass ein kreuzender Fahrradfahrer empört dauerklingelt. Es ist Sebastian Pfeffer. Dass Mama ihn ausgerechnet heute Morgen beinahe über den Haufen fahren muss, finde ich gar nicht toll. Er wird dringend gebraucht.

Kassia hat offensichtlich denselben Gedanken, denn sie springt überraschend sportlich aus dem Auto und winkt unserem Musiklehrer breit grinsend zu. „Juchuh, Herr Pfeffer. Prima Wetter zum Radfahren heute, oder?"

Sebastian Pfeffer schaut sie verblüfft an. „Öhm, ja. Klar." Er linst in das Auto. „Guten Morgen, Klementine."

Mama setzt ihren Prinzessin-Unnahbar-Blick auf und sagt unterkühlt: „Guten Morgen, Herr Pfeffer", und dann würgt sie den Automotor ab. Mit hochrotem Kopf startet sie ihn neu, aber der Anlasser orgelt erst noch eine Weile, bis der Wagen anspringt.

„Vergaser!", sagt Herr Pfeffer hilfsbereit. „Du musst vielleicht den Vergaser neu einstellen lassen." Er schaut ihr nach, wie sie ruckelnd wegfährt. „Falscher

Gang“, murmelt er. „Das war der falsche Gang.“ Er schüttelt verwirrt den Kopf.

Erst jetzt entdeckt er, dass Herr Schiller auf meiner Schulter sitzt. „Maxie, was ist los?“, fragt er verblüfft. „Das hatten wir aber nicht verabredet. Wir wollen heute im Unterricht die Blechbläser durchnehmen. Ich glaube nicht, dass Herr Schiller davon begeistert sein wird.“

Ich trete nervös von einem Fuß auf den anderen. Jetzt darf ich es echt nicht vermasseln. Ausgerechnet in diesem Moment rast Jonas auf seinem Fahrrad herbei. Er bremst so scharf vor uns ab, dass ich für eine Sekunde fürchte, dass er mir über den Zeh brettert.

„Na, was liegt an?“, sagt er cool. „Haustiertag oder was?“ Er fummelt ewig lange an seinem Zahlenschloss herum und beobachtet mich und Herrn Pfeffer aus dem Augenwinkel.

Ich mache Kassia verstohlen ein verzweifeltes Zeichen.

„Du, Jonas, ich brauche da mal einen Rat zum Kauf von Kettenschmiere“, sagt sie und zieht ihn an seinem Ellbogen ein Stück weit mit sich fort.

Was für ein albernes Ablenkungsmanöver. Kassia geht mit ihrem Fahrrad ungefähr so fürsorglich um wie eine Kuckucksmutter mit ihrem Kind.

Okay. Jetzt oder nie. „Herr Pfeffer, ich habe eine wichtige Bitte. Deshalb habe ich auch Herrn Schiller dabei. Eigentlich war es sogar seine Idee."

Es bimmelt zum Unterricht. Sebastian Pfeffer schaut stirnrunzelnd auf seine Armbanduhr. Er ist sonst immer sehr pünktlich in der Klasse. „Hat das nicht Zeit bis zur großen Pause?", fragt er.

Ich schüttle heftig den Kopf. „Auf gar keinen Fall. Es ist wegen Tatze und superdringend. Mama ist total fertig, seit Tatze weg ist und Frau Berlin so schlimme Sachen zu ihr gesagt hat."

Das sitzt. Herr Pfeffer zuckt zusammen und wird merkwürdigerweise sogar ein wenig rot. „Gut. Drei Minuten. Also, um was geht es genau?" Der Schulhof hat sich bereits ganz geleert. Herr Pfeffer schiebt mich Richtung Konferenzzimmer. „Hier sind wir ungestört."

Ich erzähle ihm (beinahe) alles:

Dass ich der festen Meinung bin, dass Tatze uns hypnotisiert hat, damit er in Ruhe Leine ziehen konnte.

Dass Mama zwar nichts dafürkann, dass Tatze weg ist, sich aber heftigste Vorwürfe macht und heimlich ganz doll geweint hat.

Dass ich deshalb auch ganz traurig geworden bin (jedenfalls *auch* deshalb) und Herr Schiller dann plötzlich wieder ganz nett zu mir war und mich sogar getröstet hat, nachdem er mich vorher aus Eifersucht auf Tatze gar nicht mehr gernhatte.

Dass Herr Schiller sogar versucht hat, mit mir zu reden, weil er so ein megaschlauer Vogel ist, und wir eine super Idee haben, wie man Tatze wiederfinden kann. Vielleicht.

„Wir haben nur eine Chance, ihn aufzustöbern, wenn die ganze Schule mithilft", sage ich hastig, weil die drei Minuten schon längst vorbei sind. „Mama hat auch gesagt, dass sie das nicht alleine schafft. Und das sagt sie sonst nie." Ich schaue Herrn Pfeffer flehend an.

„Ja und?", drängt Sebastian Pfeffer. „Komm endlich zu des Pudels Kern, Maxie!"

Ich hole tief Luft. „Herr Schiller und ich haben heute Nacht einen Song geschrieben. Einen Tatze-wiederbring-Rap. Den würde ich, wenn Sie es mir erlauben, gleich durch das Mikro rappen, das mit den Klassenlautsprechern verbunden ist und durch das sonst Hitzefrei, Feueralarm oder Neuigkeiten fürs Schulfest verkündet werden. Und wenn Sie anschließend mit mir rüber in Jules Grundschule gehen und dort Frau Direktor May auch davon überzeugen könnten, dann können auch die Kleinen bei der Suche mithelfen."

Herr Pfeffer schaut mich einen Moment lang so verdattert an, als ob ich Chinesisch gesprochen hätte. So wie Linus, als ich ihm das mit dem Test-Kuss erklären wollte. Meinen Musiklehrer küsse ich jetzt aber nicht, schießt es mir panisch durch den Kopf.

„Du bist verrückt! Total verrückt, Maxie Buntschuh. Bevor ich diesem Irrsinn zustimme, fordere ich eine Privatvorstellung von eurem Rap!" Er schüttelt so heftig seinen Kopf, dass ich befürchte, dass ich einen Wackelkontakt bei ihm ausgelöst habe. Eilig lege ich los.

Zehn Minuten später stehe ich mit weichen Knien vor der Haussprechanlage im Lehrerzimmer und sterbe beinahe vor Angst. „Hoffentlich vermassle ich die Sache nicht", krächze ich fast so heiser wie Herr Schiller.

„Untersteh dich", brummt Herr Pfeffer, der neben mir nervös auf und ab läuft. „Der Song muss hundertprozentig sitzen, wie bei einem richtigen Auftritt auf der Bühne. Ihr müsst jetzt alle verblüffen, vor allem den Herrn Direktor." Er seufzt laut auf. „Der wird mir anschließend ohnehin den Kopf abreißen. Wieso mache ich so einen Unsinn überhaupt mit? Erklär mir das mal."

Manchmal habe ich auch in der größten Panik helle Sekunden. Und deshalb sage ich – ich kann es selbst kaum glauben: „Vielleicht, weil Ihnen Tatze leidtut? Oder weil Sie unsere Mama gernhaben?"

Herr Pfeffer bleibt stocksteif stehen. Wie so eine Salzsäule steht er da, er atmet nicht einmal mehr. Und zwar ganz, ganz lange nicht.

„Herr Pfeffer?", rufe ich ängstlich. „Ohne Luft kann man nicht leben." Das weiß ich spätestens seit Kassias Standpauke auf dem Schulhof.

Herr Pfeffer zuckt zusammen und schnappt wie ein Fisch an Land nach Luft. „Stimmt, Maxie Buntschuh", sagt er und lächelt plötzlich richtig nett. „Und ohne Liebe auch nicht." Und dann schaltet er ganz schnell das Mikro an und Herr Schiller und ich geben einfach alles.

Kraaaaaaaaaaaaaaaaaaaaaaaaaaaaah!
Hi du, ich such Tatze
mit der süßen Katzenfratze.
Er sagt nicht schnurr, kann nicht miauen.
Ist gestern einfach abgehauen.

Bring ihn zurück,
das freche Stück.
Ich reich zum Schluss
dir artig meinen Krähenfuß.
Und Maxie gibt dir einen Kuss.
Kraaaaaaaaaaaaaaaaaaaaaaaaaaaaaah!

Die Sache klappt 1A. Noch bevor Herr Pfeffer und ich die Grundschule gegenüber betreten, hat sich mein Rap schon bis ins dortige Lehrerzimmer herumgesprochen.

„Kollege Pfeffer, Sie sind ja wirklich immer wieder für eine Überraschung gut!“, ruft Frau Direktor May uns lachend entgegen. „Wenn Sie mal eine Weile die Kleinen unterrichten wollen, können Sie gerne bei uns anfangen. Ich komme zwar in Teufels Küche, wenn jetzt alle ihre Haustiere über die Schulsprechanlage suchen wollen, aber wir wollen auch mithelfen und machen einfach mal eine riesengroße Ausnahme. Natürlich will ich mir deinen originellen Aufruf nicht entgehen lassen, Maxie. Deine Krähe ist ja ein echtes Multitalent.“ Sie zwickt Herrn Schiller liebevoll in die Schwanzfeder und er lässt es gnädig über sich ergehen.

Bereits in der nächsten kleinen Pause wuseln Hunderte von Schülern los, um Tatze zu suchen. Aus allen

Ecken und neben, unter und hinter jedem Busch ist Tatzes Name zu hören.

„Einfach eine total coole Idee, Maxie!", sagt Linus strahlend, als ich in unsere Klasse komme. „Ich hoffe echt, dass ich meinen Tatze finde und mir dann den Kuss bei dir abholen kann."

Oh nein! Bitte nicht! So sehr ich mir wünsche, dass Tatze gefunden wird, Linus ein zweites Mal zu küssen, wäre nicht unbedingt mein Herzenswunsch.

Einige Mitschüler stehen sogar auf und beklatschen Herrn Schiller begeistert. Herr Schiller hebt von meiner Schulter ab und fliegt schnurstracks nach vorne an die Tafel. Er landet graziös auf der Kante und verbeugt sich so huldvoll wie ein großer Star.

„Toll, Maxie, toll Herr Schiller!" Auch Frau Glöckner strahlt. „In euch beiden schlummert jede Menge Talent. Ich weiß es ja schon lange. Ein Aufsatz so toll wie dein Rap – und deine Deutschnote ist gerettet. Auf jeden Fall trage ich dir dafür einen Sonderpunkt ein, Maxie."

Plötzlich scheint ihr etwas einzufallen und sie schaut in Jonas' Richtung. Er ist der Einzige, der scheinbar ungerührt in seinem Lesebuch schmökert. Selbst Lotta findet Herrn Schiller anscheinend süß und füttert ihn mit Apfelscheiben.

„Wie läuft es eigentlich mit euren Briefen?“, fragt Frau Glöckner neugierig. „Krieg ich bald mal was von eurem Austausch zu lesen, Jonas?“

Anstatt zu antworten, wird Jonas knallrot. „Ja, also ... eigentlich eher nicht.“

Frau Glöckner runzelt die Stirn. „Was soll das heißen? Hast du dich nicht an meine Anweisung gehalten? Und setze dich bitte ordentlich hin.“

Übertrieben lässig rappelt sich Jonas auf seinem Stuhl hoch. „Nö.“ Er schaut sie bockig an.

Frau Glöckner war schon immer meine Lieblingslehrerin. Leider kann sie jedoch ziemlich zickig werden, wenn man nicht tut, was sie sagt. Jetzt gerade ist das so. Aber Jonas sieht nicht so aus, als wüsste er, dass Frau Glöckner gleich furchtbar wütend auf ihn sein wird. Sie holt ihr kleines Buch hervor, in dem sie sich immer alles Mögliche über Schüler aufschreibt. Gutes und Schlechtes.

„Doch, hat er, Frau Glöckner“, höre ich mich zu meiner eigenen Überraschung in das Klassenzimmer rufen. „Einige davon sind Raps. Total fetzig. Bestimmt geniert Jonas sich dafür und redet deshalb so einen Quark.“

Frau Glöckner lässt den Bleistift sinken, mit dem

sie sicher etwas Schlimmes über Jonas in ihr Buch eintragen wollte, und guckt mich erstaunt an. „Na, dann ist ja alles in Butter! Ich bin gespannt. Keine falsche Scheu, mein Junge." Sie lächelt ihn an. „Kann ja nicht jeder so gut sein wie unsere Rap-Prinzessin."

Den Rest der Stunde bemühe ich mich, nicht zu Jonas hinüberzuschauen. Als es klingelt, schnappe ich mir Herrn Schiller und stürme hinaus auf den Hof.

Herr Schiller wird wie ein Popstar begrüßt. Jeder möchte mal seine Federn anfassen oder sich von seinem Schnabel kneifen lassen. Schließlich wird ihm der ganze Trubel zu viel. Er fliegt kreischend in die Luft und flattert nervös im Kreis herum. Erschöpft landet er hoch oben auf einer Dachrinne und lässt sich mit keiner Leckerei der Welt wieder herunterlocken.

„Komm, Herr Schiller!", rufe ich verzweifelt. „Jetzt ist Musikstunde bei Herrn Pfeffer, das gefällt dir bestimmt!"

Aber Herr Schiller lässt sich nicht erweichen. Er genießt lieber seine Freiheit in luftigen Höhen.

„Nicht dass Herr Schiller auch noch ausbüxt", sage ich ängstlich zu Kassia. „Er kennt sich doch hier in der Gegend überhaupt nicht aus. Kannst du Herrn Pfeffer Bescheid sagen, dass ich ein wenig später komme? Ich muss erst Herrn Schiller einfangen."

Einige Minuten später taucht Herr Pfeffer neben mir auf. Aber auch seine Lockversuche sind nicht erfolgreich. „Am besten wäre es, wenn du ihn nach Hause bringen würdest", sagt er. „Der arme Kerl ist ja ganz durcheinander."

Er denkt angestrengt nach. „Ich glaube, ich habe eine Idee. Pass auf, dass er nicht davonfliegt." Er verschwindet eilig im Schulgebäude.

„Kraaaaaaaaaaaah!", schreit Herr Schiller anklagend. „Kraaaaaaaaaaaah!" Keine Frage, Schule macht ihn bereits nach ein paar Stunden komplett verrückt. Was soll ich da erst sagen? Ich muss schließlich jeden Tag hier antanzen.

Plötzlich kommt ein rotes Auto auf den Hof gefahren. Überrascht sehe ich, dass Herr Pfeffer darin sitzt. „Frau Glöckner hat uns ihren Wagen geliehen", ruft er und springt heraus. Er öffnet alle vier Türen und holt eine Vogelpfeife aus der Tasche. Darauf trällert er eine wunderschöne Melodie. „Herr Schiller", lockt er meinen armen Vogel. „Herr Schiller, wir fahren ein Stückchen mit diesem tollen roten Auto. Das wird lustig." Er spielt auf seiner Vogelpfeife weiter.

Gespannt beobachte ich, was passiert. Wenigstens

hat Herr Schiller schlagartig aufgehört zu kreischen. Er legt den Kopf schief und lauscht andächtig dem Lied, das Herr Pfeffer ihm vorspielt. Schließlich steckt er seinen Schnabel unter sein Federkleid und schließt die Augen.

„Oh nein, jetzt pennt er“, stöhne ich auf.

Herr Pfeffer steckt seine Flöte in seine Hemdtasche und überlegt. Dann legt er ohne Vorwarnung los:

He, Schillerjunge, jetzt geht's los:
Wir machen eine Spritztour bloß.
Du hast super gerappt,
hat alles toll geklappt.
Doch jetzt geht's ab nach Hause
zu einer Rührei-Pause.
Du bist ein Star!
Das ist seit heute selbst mir klar!!
Wuaaaaaaaaaaaaaaaaaahhh!!!

Mir fallen fast die Augen aus dem Kopf. Herr Pfeffer kann nicht nur super texten, er tanzt auch total cool dazu. Mit Rumpelstilzchen und Froschkönig hat dieser Rap wenig zu tun.

Kraaaaaaaaaaaaaah!, kreischt Herr Schiller begeistert und steuert im Sturzflug auf das rote Auto zu.

Dort landet er zielsicher auf der Motorhaube und blinzelt Herrn Pfeffer an.

„Hat hier eine Krähe ein Taxi bestellt?", fragt Herr Pfeffer grinsend. Er gibt mir ein Zeichen. „Los, Maxie. Ab ins Auto. Wir bringen Herrn Schiller nach Hause in sein Nest."

Ich hüpfe eilig auf den Rücksitz und Herr Pfeffer pflückt Herrn Schiller wie einen reifen Apfel vom Blech. Behutsam reicht er ihn mir nach hinten. Dann schließt er die Türen, steigt ein und fährt mit uns los.

„Vielen Dank, Herr Pfeffer", sage ich erleichtert. „Das ist sehr nett von Ihnen. Irgendwie bin ich gerade total fertig."

Herr Pfeffer lächelt mir im Rückspiegel aufmunternd zu. „Alles prima, Maxie. Jetzt müssen die Kinder nur noch Tatze finden. Alles wird gut, glaub mir."

„Hoffentlich finden wir Tatze wirklich wieder“, sage ich, während ich mein Gesicht an Herrn Schillers Federkleid drücke. Er hat sich zum Glück wieder beruhigt und ist ganz entspannt eingeschlafen. „Ist doch eigentlich egal, ob eine Katze schnurrt oder nicht. Hauptsache, es geht ihr gut. Linus ist auch so total happy mit Tatze.“

Herr Pfeffer nickt. „Das sehe ich genauso. Vielleicht ist er ja weggelaufen, damit man sich Sorgen um ihn macht. Schon mal so darüber nachgedacht?“

Ich starre überrascht auf Herrn Pfeffers Rücken. Solche Gedanken hätte ich ihm gar nicht zugetraut. „Ist Frau Berlin denn nicht tierlieb?“, bohre ich nach.

„Doch, klar“, antwortet Herr Pfeffer. „Sie ist nur manchmal etwas …“ Er spricht nicht weiter.

„*Spontan.*“ Ich kichere. „Und dann sagt sie leider blöde Sachen zu unserer Mutter.“

Herr Pfeffer seufzt tief. „Das stimmt. Aber Klementine ist manchmal auch …“

„*Spontan* …“, ergänze ich seinen Satz erneut. „Und dann sagt sie leider blöde Sachen zu Ihnen.“ Ich muss noch mehr kichern.

„Stimmt auch.“ Herr Pfeffer seufzt noch tiefer. „Und im Gegensatz zu Katrin oder Klementine bin ich eher wenig …“

„*Spontan!*“ Jetzt kriege ich so einen Lachanfall, dass Herr Schiller ärgerlich nach mir hackt. Wenn er schläft, möchte er nicht gestört werden.

„Also, ganz ehrlich, Herr Pfeffer“, sage ich, nachdem ich mich wieder etwas eingekriegt habe. „Ich finde Sie sogar ziemlich …“

Ein Feuerwehrauto düst an uns vorbei und dann noch ein zweites. Abgelenkt schaue ich aus dem Fenster nach draußen auf die Straße.

„… *spontan?*“, spricht Herr Pfeffer meinen Satz zu Ende. „Das glaubst du?“ Er strahlt in den Rückspiegel. „Das wäre natürlich toll. Ich glaube, wenn ich spontan wäre, das würde Klementine gefallen.“

Ich nicke zustimmend. „Glaube ich auch.“ Ich zögere, bevor ich frage, was mir echt auf der Zunge brennt. „Katrin nicht?“

Herr Pfeffer schüttelt den Kopf. „Nö. Aber das ist mir auch ganz egal.“ Er steigt abrupt auf die Bremse, weil gleich hinter der Kurve Feuerwehrautos und ein

Polizeiauto stehen und sich jede Menge Schaulustige versammelt haben. „Was ist denn hier los?“, fragt er verwundert und hält an.

„Da steht ja Mamas Auto“, rufe ich im nächsten Moment.

„Du bleibst hier und rührst dich mit Herrn Schiller nicht vom Fleck“, sagt Herr Pfeffer ungewohnt heftig. Er stellt den Motor ab und steigt hastig aus.

Ich kriege einen riesigen Schreck und mein Herz pocht wie verrückt. Wie immer, wenn ich denke, dass Mama krank ist oder dass sie Hilfe braucht.

Ich bette den schlafenden Herrn Schiller vorsichtig auf den Sitz und gucke, dass er gemütlich liegt. Dann steige ich eilig aus dem Auto und laufe Herrn Pfeffer hinterher.

Was ich sehe, lässt mir das Blut in den Adern gefrieren.

Mama sitzt regungslos in der Krone eines Apfelbaums und wird von einer ebenso unbeweglichen knallorangen Riesenschlange umarmt. Die beiden starren sich in die Augen, ohne zu blinzeln.

„Die arme Frau Doktor“, jammert ein Mann, der direkt unter dem Apfelbaum steht, und rauft sich die Haare. „Das habe ich nicht gewollt. Ganz ehrlich, das habe ich wirklich nicht gewollt. Unsere Susi ist sonst sanft wie ein Lämmchen. Frau Doktor hat sie hypnotisiert, und das hat Susi keinen Spaß gemacht. Da hat sie die Frau Doktor zurückhypnotisiert. So ist es passiert.“

Herr Pfeffer bahnt sich energisch einen Weg bis unter den Apfelbaum und lässt sich auch von den protestierenden Feuerwehrmännern nicht zurückhalten. „Warum haben Sie die Frau Doktor nicht vor dem Tier gewarnt?“, fragt er scharf und rüttelt Susis Besitzer an der Schulter.

„Sind Sie mit dem Opfer verwandt?“, mischt sich ein Polizist ein, der ohne Unterlass Fotos von Mama und der Riesenschlange macht. „Stehen Sie bitte nicht im Wege herum, ich sichere den Tatort.“

Herr Pfeffer schubst den fotografierenden Wichtigtuer einfach zur Seite. „Welches Opfer, welcher Tatort?“, brüllt er los. „Machen Sie hier keine Urlaubsfotos, sondern unternehmen Sie augenblicklich etwas. Klementine ist in Lebensgefahr!“

Der Polizist knipst ungerührt weiter. „Die Beweisfotos gehören zu meiner Arbeit und ein Spezialist ist unterwegs. Ich wiederhole: Sind Sie mit dem O… äh … sind Sie mit der Dame verwandt?“

Sebastian Pfeffer nimmt eine ähnlich knallige Farbe an wie die Schlange, die Mama fest im Griff hat. „Ja, so gut wie", blafft er zurück. „Und was heißt Spezialist? Wo bleibt der gute Mann denn?" Er schaut sich suchend um.

„Keine Ahnung", antwortet einer der Feuerwehrleute schließlich kleinlaut. „Vielleicht steckt er im Stau. Sogar die Feuerwehr steckt ständig im Stau. Von uns klettert da jedenfalls keiner rauf und holt das Biest herunter. Also, ich meine natürlich die Riesenschlange. Die können eine ganze Tonne Stahl zerquetschen. Habe ich erst kürzlich im Fernsehen gesehen."

Ich habe das Gefühl, dass mein Herz vor Angst jeden Augenblick zerspringt. „Mami!", heule ich auf. „Ich will sofort meine Mami wiederhaben."

Sebastian Pfeffer schaut mich sekundenlang gedankenvoll an, bevor er sich eine der herumliegenden Leitern schnappt. „Keine Sorge, Maxie", sagt er grimmig. „Deiner Mutter passiert nichts. Zum Glück bin ich *spontan*."

Er klettert geschickt zu Mama und der Riesenschlange hinauf. Oben angekommen, streicht er Mama mit der rechten Hand liebevoll über die Wange, mit seiner linken Hand ergreift er den Kopf der Riesenschlange und zieht entschlossen an ihrem Hals.

„Klementine?", flüstert er. „Susi?"

Mama stößt einen wohligen Seufzer aus, wie wenn

sie besonders gut schläft. Dann schließt sie die Augen und fängt leise an zu schnarchen.

Plötzlich fängt die Riesenschlange an zu blinzeln. Gleich darauf bewegt sie sich in Zeitlupe weiter.

Mir wird sterbensübel vor Angst.

So langsam wie möglich lenkt Sebastian Pfeffer den Weg der züngelnden Riesenschlange um. Damit sie sich nicht enger um Mamas Brustkorb schlingen kann, lässt er Susi erst um sich selbst herumwandern und bringt sie dann dazu, sich um einen dicken Ast zu winden.

Ich habe das Gefühl, es dauert Jahrzehnte, bis Mama endlich befreit ist. In meinen Lungen befindet sich kein Gramm Sauerstoff mehr, so lange habe ich die Luft angehalten.

„Sebastian“, sagt Mama und blinzelt verwundert. „Was machen wir beide denn hier im Apfelbaum?“

Sebastian Pfeffer stößt einen erleichterten Seufzer aus und schaut sie zärtlich an. „Ach, Klementine. Natürlich Äpfel pflücken, was sonst?“ Er zieht sie stürmisch an sich und sagt: „Es ist wirklich furchtbar. Man kann dich keinen Tag alleine lassen. Jedenfalls werde ich das in Zukunft nie wieder tun.“

Die Feuerwehrleute, alle anderen und selbst der Polizist klatschen begeistert Beifall.

Mama und Sebastian Pfeffer küssen sich so lang, dass ich irgendwann weggucken muss. Zwar habe ich nicht mitgezählt, aber es war auf jeden Fall länger als achteinhalb oder zehn. Keine Ahnung, wie Mama das Küssen so ewig lange aushält. Mal hören, was Kassia dazu sagt, wenn ich es ihr erzähle.

Herr Schiller hat zum Glück nichts von der ganzen Aufregung mitgekriegt. Er schläft immer noch tief und fest, als wir zu dritt ins Auto steigen. Denn dass Mama mit ihrem eigenen Auto fährt, will Sebastian auf gar keinen Fall.

Gerade als wir wieder auf der Hauptstraße sind, ruft Mama plötzlich: „So was Dummes, Sebastian. Jetzt haben wir die Äpfel ja dort vergessen. Na, macht nichts. Ich habe noch jede Menge Pflaumen zu Hause. Dann backe ich eben einen Zwetschgenkuchen." Und dann strahlt sie ihn oberglücklich an.

Als wir wieder zu Hause sind, legt Mama auf der Stelle mit dem Kuchenbacken los. Anscheinend kann sie sich überhaupt nicht daran erinnern, was mit Susi passiert ist.

Besorgt knöpfe ich mir Sebastian vor. „Muss Mama nicht zum Arzt, weil die Schlange sie hypnotisiert hat?“, frage ich.

Sebastian Pfeffer schüttelt vergnügt den Kopf. „Nö, keine Sorge, Maxie. Sie soll heute einfach mal machen, was ihr Spaß bereitet. Wenn sie fünf Kuchen hintereinander bäckt, schadet das auch niemandem.“

Stimmt eigentlich. Und Pflaumenkuchen mit Streuseln gab es schon ewig lange nicht mehr bei uns.

„Tschüss, Maxie“, sagt Herr Pfeffer und kneift mir in die Wange. „Ich komme später auf eine Tasse Schokolade vorbei. Frau Glöckner braucht ihr Auto wieder.“ Er zwinkert noch schnell Herrn Schiller verschwörerisch zu und dann ist er weg.

„Soll ich dir helfen, Mami? Teig schlagen oder so?“

Mama schwenkt den Schneebesen wie ein Schwert und ruft: „Das schaffe ich schon alleine. Geh du lieber nach oben und mach deine Hausaufgaben. Aber ordentlich. Ich gucke mir später alles ganz genau an."

Okay. Sebastian hatte Recht. Mama ist bereits auf dem Weg der Genesung. Sonst würde sie sich nicht für meine doofen Hausaufgaben interessieren.

Hausaufgaben sind ungefähr das Letzte, worauf ich momentan Lust habe. Mir schwirrt der Kopf. Sebastian hat mich mit seinem Rap echt umgehauen. Hätte ich nie für möglich gehalten, dass er so etwas hinkriegt. Und dass er Mama vor einem richtigen Ungeheuer rettet, schon gar nicht. Fast so cool wie Papa.

Ich kann es gar nicht erwarten, Kassia alles brühwarm zu erzählen. Aber die hat heute Nachmittag einen Spezialkurs Mathe, sogar freiwillig, und Jule hat einen Ausmistjob im Reitstall. Noch freiwilliger. Ich sage es ja: Meine Schwestern sind echt speziell.

Was würde ich eigentlich machen – also freiwillig? Keine Ahnung. Aber wenn ich lang genug darüber nachdenke, fällt mir bestimmt etwas ein.

Ich weiß nicht, wie lange ich so herumsitze und einfach in die Luft starre. Wieder einmal jagen mir tausend Gedanken gleichzeitig durch den Kopf. Viele coole Raps. Und ein paar neue Melodien. Musik. Genau, das mach ich freiwillig. Auf jeden Fall, rund um die Uhr.

„Hi, Maxie. Hab gehört, bei euch ist echt was los."

Jonas! Vor Schreck halte ich die Luft an. Wieso habe ich ihn gar nicht kommen hören? Verdammt.

„Hast du gepennt? Du guckst mal wieder wie eure Kaninchen." Er grinst verlegen.

Grrr. Auf den Mund gefallen ist die Pfefferbacke nicht. Genauso wenig wie ich übrigens.

„Hei. Hast du sonst nichts zu tun? Froschkönige ärgern oder der Königin ihr Kind klauen?", kontere ich lässig.

„Nö", er wird tatsächlich ein wenig rot. „Ich hatte was anderes zu tun. Öhm. Das wollte ich dir dann doch selbst vorbeibringen."

Ganz ehrlich: Ich verstehe nur Bahnhof. Und das macht mich gerade ziemlich nervös. Vor allem, weil der Junge nichts tut, außer dumm herumstehen und mich angucken.

„Cooler Rap heute in der Schule", sagt er schließlich. „Hast du das ernst gemeint?"

Ahhh. Es ist sicher nicht gesund, dass ich so oft die Luft anhalte. Schließlich brauchen meine Gehirnzel-

len Sauerstoff zum Denken. Vor allem, wenn Jonas irgendwelche durchgeknallten Sachen sagt, die nur Kassias Marsmännchen kapieren.

Atmen, Maxie, höre ich Kassias Stimme. Einfach ganz normal durchatmen.

„Atmen“, sage ich laut zu mir. „Atmen“.

„Häh?“

Jetzt steht zur Abwechslung Jonas auf dem Schlauch und es freut mich, dass er dabei genauso dumm aus der Wäsche guckt wie ich wahrscheinlich gerade eben.

„Klar habe ich das so gemeint“, antworte ich ruhig. „Glaubst du etwa, ich bitte 300 Kinder, Tatze zu suchen, und in der kleinen Pause sage ich dann: ‚April, April‘?“

Jonas verdreht die Augen. „Nee, das andere in dem Rap. Du weißt schon.“

„Nee, weiß ich nicht“, antworte ich.

Wir gucken uns stumm in die Augen und plötzlich denke ich: Bestimmt hat das bei Mama heute Morgen mit dem Angucken auch so ähnlich begonnen und schwups, war es passiert.

„Okay, also ich zeig dir mal was. Aber bitte flipp jetzt nicht gleich aus.“ Er holt eine geschlossene Hundetasche aus dem Treppenhaus, stellt sie vorsichtig auf mein Bett und zieht den Reißverschluss auf. „Hier“, sagt er und guckt ein wenig schuldbewusst. „Er war vorübergehend bei mir untergeschlüpft. Vermutlich zu viel Action, zu viele quietschende Weiber.“

Ich beuge mich erwartungsvoll über die Tasche. „Tatze!“, kreische ich in allerhöchster Lautstärke los. „Tatze! Du süßer kleiner Tatze, endlich bist du wieder da!“ Ich zerre den Kater aus der Tasche und quetsche ihn überglücklich an mich.

Jonas zieht eine Augenbraue hoch – das kann er fast so gut wie Mama – und seufzt. „Siehste. Genau das meine ich. Der kleine Kerl brauchte dringend mal etwas Ruhe.“

Eigentlich bin ich total sauer, dass Jonas nichts gesagt hat. Andererseits freue ich mich irre, dass Tatze nichts passiert ist. Und noch mehr bin ich erleichtert, dass Jonas wieder mit mir spricht. Deshalb kann ich gar nicht so böse gucken, wie ich es gerne würde.

„Also, Maxie. Noch mal“, sagt Jonas und hat einen ganz seltsamen Blick, den ich nicht einordnen kann. „War der Rap ernst gemeint?“

„Häh?“

Dieses Wort wird einmal in die Geschichte der gemeinsamen Lieblingswörter von Jonas und mir eingehen. Da bin ich ganz sicher. Keine drei Buchstaben drücken besser aus, was man denkt und wie man sich gerade fühlt.

„Häh?“, wiederhole ich.

„Krähenfuß“, sagt er schließlich. „Klingelt irgendwas?“

Mir wird schlagartig heiß und kalt zugleich.

„Öhm, ja klar. Kein Problem. Dafür musst du dir jetzt gerade aber eine Leiter holen. Herr Schiller ist nach dem heutigen Vormittag ein wenig nervös und hat sich ganz nach oben unter das Dachkreuz verdrückt. Ziemlich wacklige Sache, da hochzuklettern.“ Ich zucke entschuldigend die Achseln und drücke Tatze so fest an mich, dass er genervt seine Krallen ausfährt.

„Okay“, murmelt Jonas. „Also kein Krähenfuß. Und was ist dann mit dem versprochenen Maxie-Kuss?“

Atmen, höre ich Kassia in meinem Kopf. Einfach ganz langsam einatmen und wieder ausatmen. Einatmen und wieder ausatmen. Einatmen und wieder … Mir wird schlagartig total schwindlig.

„Maxie?“, dringt Jonas’ Stimme an mein Ohr. „Ich

glaube, wenn du noch mehr Luft holst, kriegst du einen Sauerstoffkoller." Sein Gesicht kommt meinem immer näher und sein Mund natürlich auch. „Maxie-Kuss?", fragt er leise.

Ich nicke.

Kurz bevor sich unsere Lippen treffen, mache ich schnell die Augen zu. Sonst wird mir die Sache doch zu peinlich.

Jonas' Mund schmeckt weder nach Mama noch nach Linus. Auch nicht nach Himbeeren oder sonst irgendetwas, das ich kenne. Aber ehrlich gesagt: Ich finde ihn total lecker.

Ich klopfe mit dem linken Fuß den Sekundentakt mit, denn diesmal will ich auf jeden Fall über zehn kommen. Und weil ich nach zehn immer noch nicht raus habe, was mir an dem Kuss mit Jonas so gut gefällt, küsse ich ihn einfach weiter.

Auch mit der Luft ist das kein Problem und überhaupt ist Jonas zu küssen viel einfacher und schöner, als ich es mir vorgestellt habe.

Wenn es nach mir ginge, müssten wir nie mehr damit aufhören, na, zum Essen und Trinken vielleicht. Aber Hunger und Durst werde ich erst in hundert Jahren wieder haben. Ganz sicher. Jonas scheint das ähnlich zu sehen.

Aber dann hören wir etwas sehr Merkwürdiges. Und das bringt uns dermaßen aus dem Takt, dass wir unseren Dauerkuss wenigstens für einen Augenblick unterbrechen.

Es ist der durchgeknallte Stubentiger. Er schnurrt. So laut, dass man davon Ohrensausen kriegt.

Irgendwie ist das so verrückt, dass Jonas und ich erst einmal stundenlang lachen müssen. Nach unserer Lachorgie fehlt uns die Luft zum Weiterküssen, aber das ist ja egal. Morgen ist auch noch ein Tag, und dann kommt noch einer und immer so weiter. Ich mag Jonas und er mag mich. Und das ist einfach nur total schön. Ich finde, so könnte es für immer und eine halbe Ewigkeit bleiben.

Ach so: eine Sache noch. Mit dem Amerika-Plan war nach diesem Kuss Schluss. Erst einmal. Denn momentan findet es Jonas mit der Pfeffer-Buntschuh-Bande mindestens genauso aufregend wie jenseits des Ozeans.

Verrückt, verrückt, verrückt!
Ach, ich bin einfach nur entzückt.
Ich schrieb dir kürzlich einen Brief.
Ich hab geträumt, während ich schlief:
Wir beide sind ein Liebespaar.
Und stell dir vor, das ist jetzt wahr!

LESEPROBE

»Maxie und ein Hund mit Herzklopfen«
von Usch Luhn
ISBN 978-3-473-52520-1

Eine gute Stunde später bin ich froh, dass unser gemeinsames Frühstück vorbei ist und dass ich mich mit den restlichen Pfannkuchen in Kassias Dachzimmer verziehen kann.

Und zwar *ohne* Jonas! Der verbringt nämlich mit seinem Vater und seinem Bruder Lukas den restlichen Ferientag in einem Vergnügungspark. Das gehört zu dem neuen Vater-Sohn-Programm, das sich Sebastian Pfeffer selbst verordnet hat.

Normalerweise wäre ich riesig gerne dabei gewesen. Die neue Geisterbahn, durch die man auf einer Art Luftmatratze hindurchdüsen kann, soll supershocking sein. Aber heute hat mich Jonas echt genervt.

Als der erste Pfannkuchen in Butter brutzelte, ist meine Schwester Kassia mit überall Spinnweben im Haar aufgetaucht. Vermutlich hat sie wieder an ihrem Weltraum-Teleskop herumgeschraubt und das steht nun mal zwischen den Holzbalken auf dem

Dachboden. Sie kann sich tagelang nur mit so einem Kram beschäftigen.

Das Einzige, was ihr wichtiger ist als ihre Milchstraßen-Forschung, ist irdische Nahrungsaufnahme. Der winzigste Essenduft lockt sie aus dem hintersten Winkel hervor und dann macht sie sich gnadenlos über alles her, was sie auf ihre Gabel gestapelt kriegt. Am besten man baut eine Schutzmauer um seinen eigenen Teller auf, damit sie einem nicht ständig die Leckerbissen klaut.

Aber selbst Kassia ist aufgefallen, dass Jonas gar nicht dazu kam, seine übliche Menge Pfannkuchen in sich hineinzuschaufeln. So sehr war er damit beschäftigt, sich mit Paula zu unterhalten.

Schließlich wollte Jonas sogar wissen, ob Paula schon mal bei der Queen zum Tee gewesen ist.

Wenn ich ihn nicht schon eine ganze Weile kennen würde, hätte ich spätestens dann geglaubt, der Junge hat einen Dachschaden.

Paula fand das jedoch eher witzig und prustete einen ganzen Mund voll Zimtzucker über unsere Teller. Darauf plumpste Daisy wie ein Mehlsack auf den Küchentisch und leckte gierig den Zucker auf.

Bis auf eine alte Schüssel ging zum Glück nichts zu Bruch, aber unsere Mutter hätte uns wahrscheinlich einen ewig langen Vortrag über ungezogene Hunde gehalten, wenn nicht ein vollkommen aufgelöster Mann mit seinem süßen Albino-Meerschweinchen Sturm geklingelt hätte. Das Tier war vom Balkon gefallen und hatte sich wahrscheinlich den Hinterlauf verstaucht oder sogar gebrochen. Sein Besitzer hatte vor Aufregung schrecklichen Schluckauf.

Unsere Mutter unterbrach ihren Vortrag mitten im Satz und stürmte in die Praxis, während Jule dem Mann ein Zuckerstückchen gegen den Schluckauf gab.

Ich war total erleichtert. Mama kann manchmal von einer Sekunde auf die andere furchtbar nervig werden. Besonders wenn es um Hunde-Erziehung geht.

Nachdem Paula und ich das Küchenchaos einigermaßen beseitigt hatten, lud uns Kassia gnädigerweise in ihr Dachzimmer ein. Vermutlich weil ich sie mit meiner Hunde-Alien-Geschichte neugierig gemacht hatte und nicht aus tiefer schwesterlicher Liebe.

Wir machen es uns also in ihrer tollen Kammer bequem. Es regnet immer noch wie aus Eimern. Aber direkt unter dem Dach klingt es ziemlich gemütlich, wenn die Regentropfen wie ein Trommelfeuer auf die Schindeln prasseln.

„Auf den ersten Blick ist nichts zu erkennen. Pupillengröße vollkommen normal." Kassia schaut Daisy mit einer Lupe in die Augen und schüttelt ratlos den Kopf.

Damit Daisy stillhält, habe ich aus der Tierarztpraxis unserer Mutter eine Tüte Hundekekse gemopst. Die kaut der Dalmatiner voller Begeisterung und lässt Kassias Alien-Test gutmütig über sich ergehen.

Da Daisy auf Kassias Fragen außer mit einem freudigen *Wuffwuff* für jeden Hundekeks nicht reagiert, kommt meine Schwester zu keinem endgültigen Ergebnis.

„Ich glaube nicht, dass Daisy ein Alien ist. Dazu ist sie viel zu süß. Vielleicht ist Daisy ja einfach ein Sprachtalent. Ich habe mal eine Sendung im Fernsehen gesehen, da konnte eine Katze das Wort *Mama* sagen“, mischt sich Jule ein.

„Na klar“, kreische ich. „Miaumma!“

Paula kriegt sich gar nicht mehr ein vor Lachen. Sie miaut lauthals los.

Selbst Kassia kann sich ein breites Grinsen nicht verkneifen.

Wir miauen zu dritt und zwar so echt, dass Daisy wütend zu bellen anfängt. Das hört sich wie ein ganz normaler Hund an, der Katzen am liebsten zum Frühstück verspeist.

Vielleicht ist das der Grund, warum sich Jules rot-

haariger Kater Chili nicht mehr blicken lässt. Er weiß wohl, dass schwere Zeiten für ihn angebrochen sind, seit wir einen unberechenbaren Hundegast im Haus haben.

Jedenfalls: Jule macht auf schwer beleidigt. Sie pflanzt sich mit vorgeschobener Unterlippe auf Kassias Matratzenlager, schnappt sich ein zerfleddertes Mickymausheft vom Bücherregal und tut so, als wären wir alle Luft für sie.

Paula interessiert sich neuerdings für Sternenforschung (auch wenn sich das eher auf Horoskope bezieht) und lässt sich von Kassia das Teleskop in allen Einzelheiten erklären.

Und Daisy macht noch einmal erschöpft *Wuff*, bevor sie sabbernd einschläft.

Mir ist das recht. So kann ich mich wenigstens um Herrn Schiller kümmern. Der Arme ist sei Paulas Ankunft extrem zu kurz gekommen. Herr Schiller ist mein bester Freund, seit ich ihn mit einem gebrochenen Flügel im Wald gefunden habe. Ohne Herrn Schiller, der supermusikalisch ist, wie ich bereits erzählt habe, hätten Jonas und ich uns nie angefreundet und nie den (fast) ersten Platz bei einem Bandwettbewerb gemacht.

Normalerweise schläft Herr Schiller in meinem

Zimmer. Morgens, wenn ich noch so richtig müde bin und die Augen einfach nicht aufkriege, zwickt mir diese total süße Krähe ganz sanft ins Ohrläppchen. Manchmal rappt er sogar ein paar Takte alleine vor sich hin. Ist das nicht verschärft?

Ohne Herrn Schiller würde es mir jeden Morgen total mies gehen, denn Schule ist einfach nicht mein Ding. Sofort wenn ich die Augen aufschlage zu wissen, dass ich jetzt wieder ein paar Stunden ruhig auf meinem Po sitzen und lernen muss, setzt mir oft ganz schön zu.

Aber wenn ich in die schwarzen Knopfaugen meiner Krähe sehe, fühle ich mich schon viel besser. Und manchmal fällt mir dann noch vor dem Frühstück ein cooler Song ein oder wenigstens der Text dazu. Da geht es mir genauso wie Sebastian Pfeffer. Ihm ist ja auch eine Melodie in den Sinn gekommen, als er Daisy angeguckt hat. Manchmal denke ich, die Texte stecken in Herrn Schillers Kopf und ich lese sie nur ab, wenn ich ihn anschaue. Total crazy, oder?

Momentan nächtigt er allerdings bei Kassia.

Warum? Na, ist doch klar. Hunde und Krähen in einem Zimmer – so prickelnd kommen diese Tierarten nicht miteinander aus. Daisy hat es fertiggebracht, Herrn Schiller direkt nach ihrer Ankunft eine blauschwarze Feder abzujagen. Deshalb hat Mama meine Krähe kurzerhand zu Kassia ausquartiert. Zu ihrer eigenen Sicherheit, wie sie sagt.

„Hey, komm runter mein Süßer!“, rufe ich ihm so leise zu, dass ich Daisy nicht aufwecke. „Ich hab dich heute Nacht vermisst.“

Herr Schiller sitzt schon, seit ich auf dem Dachboden aufgetaucht bin, auf dem höchsten Balken und beobachtet mich regungslos. Er sieht dabei ein bisschen wie der verzauberte Prinz aus einem furchtbar gruseligen Märchen aus.

Auf einmal habe ich eine spitzenmäßige Idee: Vielleicht sollte ich ihm für unseren nächsten Auftritt einen neuen Namen geben. „Prinz von Schiller!“, murmele ich vor mich hin. Das hört sich sehr edel an.

„Was sagst du dazu, Herr Schiller?“, frage ich ihn aufgeregt. „Begrüßen Sie unsere rappende Krähe, den einzigartigen und wunderbaren Prinzen von Schiller!“, ahme ich einen Bühnenmoderator nach.

„Krahkrahkrah!“

Herr Schiller segelt auf meine linke Schulter und pickt begeistert auf meinem Kopf herum. Ahhhh. Scheint ihm zu gefallen. Dann muss aber auf der Stelle auch ein neuer Song her.

Hey, Prinz von Schiller:
Du bist ein echter Thriller!
Mit Blaublut-Gefieder
rappst du die bösen Geister nieder.
Verwunschen von Hexen,
verfolgt von schwarzen Echsen,
kämpfst du mit jeder Schlangenbrut.
Dein Zorn, der tut uns allen gut!

Cool! Ich bin von mir selbst überrascht.

Ganz ehrlich – seit Jonas und ich mit Herrn Schiller bei diesem Bandwettbewerb *nur* den zweiten Platz gemacht haben (meistens sage ich ja *fast* Erster), habe ich keinen einzigen Song mehr geschrieben. Tief drinnen in meinem Herzen war ich wahrscheinlich doch enttäuscht. Auch wenn ich es niemandem gezeigt habe, nicht einmal Mama. Aber dieser Text könnte Jonas gefallen. Und vielleicht machen wir ja doch mit dem Rappen weiter, einfach aus Spaß, ohne dass wir unbedingt einen Preis gewinnen wollen.

Plötzlich finde ich es schade, dass Jonas nicht da ist. Eigentlich möchte ich ihm meinen Rap sofort vortragen. Mich beschleicht das doofe Gefühl, dass ich vorhin vielleicht einfach ein bisschen eifersüchtig war, weil er Paula so angehimmelt hat.

Du Bist Ein

Halt! Nicht dass jetzt jemand auf die durchgeknallte Idee kommt, ich wäre in Jonas verliebt. Ich bin ja nicht von allen guten Geistern verlassen. Jonas ist Jonas und seit Kurzem mein bester Kumpel. Nicht mehr und nicht weniger.

Und Paula ist meine beste Freundin, das hat ja jetzt mittlerweile jeder kapiert.

Da ist es eigentlich das Allerbeste, was mir passieren konnte, dass meine beste Freundin meinen besten Kumpel mag und umgekehrt er sie auch. Oder? Verknallt muss man dafür gar nicht sein.

Ich schäme mich ein bisschen. Bis jetzt habe ich immer gedacht, ich bin nicht so zickig wie alle anderen Mädchen. Und jetzt denke ich haargenau den gleichen Mist. Aber das war hoffentlich nur ein Ausrutscher. Paula ist wohl einfach nur ein wenig aufgekratzt gewesen heute Früh und Jonas zufällig auch. Na und?

Erleichtert reibe ich meine Wange an Prinz von Schillers Köpfchen. Zum Glück habe ich ja noch gemerkt, wie doof ich mich aufführe.

An Liebe und den ganzen Kram will ich echt noch gar nicht denken. Mama macht das schließlich auch nicht. Seit unser Papa mit seinem Hubschrauber abgestürzt ist, hatte sie noch keinen neuen Freund. Sie hat ja uns drei und die vielen Tiere, die sie wieder gesund macht, sagt sie immer.

Finde ich gut. Ich sehe ja, was passiert, wenn man erst mal damit anfängt, sich zu verknallen. Jana und Tim aus meiner Klasse hängen nur noch zusammen ab. Als Tim vor den Ferien nicht in die Schule gehen durfte, weil er Scharlach hatte, wollte niemand mehr mit Jana in der Pause herumstehen, weil sie sich vorher so affig benommen hatte. Sie tat mir richtig leid. Aber als ich dann mit ihr geredet und ihr Fotos von unseren neuen Springmäusen gezeigt habe, hat sie gleich wieder nur von Tim angefangen.

Wie dumm ist das denn?

Ich weiß übrigens schon, welche Textzeilen Jonas am besten gefallen werden:

Mit Blaublut-Gefieder
rappst du die bösen Geister nieder.

Jonas ist sich nämlich sicher, dass Herr Schiller eine verwunschene Krähe ist. Allerdings kein verfluchter Prinz, sondern ein besonderer Zauberer, dem seine magischen Kräfte geraubt wurden. Und dass es kein Zufall war, dass ich ihn im Wald gefunden habe. Hm. Weiß nicht, was ich davon halte.

Jedenfalls kann er rappen. Ob er ein Zauberer ist oder nicht. Und das alleine ist bereits magisch.

Ich erfinde auf gut Glück eine Melodie und spreche den Text dazu.

Prinz von Schiller hüpft aufgeregt von meiner linken Schulter auf meine rechte und wieder zurück. Schließlich krallt er sich sogar in meinen Haaren fest. Dazu krächzt er in allen Tonlagen.

„Was ist denn mit Herrn Schiller los?“, fragt Kassia beunruhigt und schaut von ihrem Teleskop auf. „Hat er Bauchweh?“

Eines muss man ihr lassen: Seit unsere Mutter ihr Herrn Schiller anvertraut hat, fühlt sie sich auch wirklich für sein Wohl verantwortlich. Das finde ich echt gut. Es fällt mir schon so schwer, ihn nicht ständig um mich zu haben.

„Alles okay“, sage ich beruhigend. „Ich habe ihm nur einen nagelneuen Rap vorgesungen und ich glaube, er findet ihn gut. Deshalb krächzt er gerade so überdreht mit.“

Paula guckt neugierig. „Cool! Studierst du den gerade mit ihm ein? Vielleicht kann Herr Pfeffer mit Daisy auch einen Song einüben. Er hat doch gesagt, sie sei so musikalisch. Dann könnten wir mal alle zusammen auftreten. Du, Jonas, ich, Kassia, Jule,

Jonas' Bruder Lukas, unsere Haustiere und Herr Pfeffer am Klavier. Was glaubst du, wie die Leute gucken würden. Kann Tante Klementine auch ein Instrument spielen? Blockflöte würde gut dazu passen. Sie war doch mal im Chor!"

Komischerweise bin ich nicht ganz so begeistert wie Paula. Ich habe keine Lust auf die Wiedergeburt der Kelly Family. Das war so eine Großfamilie, die singend durch die Welt gezogen ist und schließlich megareich und berühmt wurde. Mama hat noch ein paar alte Platten von ihr.

„Das kannst du total vergessen", sage ich schnell. „Mama und Sebastian Pfeffer, das geht immer nur für ein paar Minuten gut oder wenn sie gerade mal wieder Waffenstillstand geschlossen haben und gemeinsam über uns Kinder herziehen. Wenn die was zusammen einstudieren müssten oder auf einer Bühne auftreten, würde das enden wie ein Ringkampf im alten Rom." Ich muss kichern, weil ich mir das ein wenig genauer vorstelle. Und zwar ungefähr so:

Sebastian Pfeffer steht in einem Lederlendenschurz und mit wildem Blick in der Arena, die geballten Fäuste zum Ringkampf bereit, und unsere Mama kommt gerade unter großem Jubel in das Stadion. Sie hat deutlich mehr Fans als Sebastian. Das liegt daran, dass sie superschön ist mit ihren blitzblauen Augen und einem langen geflochtenen Zopf, den sie als Waffe benutzt. Vor dem Kampf schmust sie noch mal schnell mit ihren Löwenbabys, die sie überallhin begleiten und denen sie das Leben gerettet hat, und dann legt sie los. Sie schleudert ihren Zopf wie ein Lasso in Sebastians Richtung, dieser wickelt sich um seine Beine und – zack – hat er keinen Boden mehr unter seinen Sandalen. Er liegt keuchend im Staub und bettelt um Gnade. Na ja, und so weiter. Mal gucken, ob mir dazu auch noch irgendwann ein Rap einfällt. Der würde dann ungefähr so klingen:

Klementine, die ist cool,
die liegt nicht nur an einem Pool.
Sie kämpft den Kampf mit bloßer Hand,
ist deshalb überall bekannt.
Sebastian, der Noten-Krieger,
dichtet zu Hause tolle Lieder.
Doch im Kampf ringt sie ihn nieder.
So eine Heldin gibt's nie wieder.

Ich fasse es nicht! Wochenlang fiel mir gar nichts ein und plötzlich gleich zwei Raps hintereinander. Paulas Gegenwart scheint mich zu beflügeln.

„Ach, du meinst, die beiden würden aufeinander losgehen wie in Gladiatorenfilmen“, unterbricht Kassia meine Gedanken.

Ich nicke zustimmend. Wir sind uns ausnahmsweise mal einig und strecken die Daumen hoch. Sebastian Pfeffer und unsere Mutter benehmen sich wie Krieger im alten Rom. Aufgekratzt erzähle ich meine Schaukampf-Fantasie.

Kassia lacht sich schlapp. „Das mit dem Zopf finde ich besonders cool“, sagt sie. „Mama könnte sich ja mal die Haare lang wachsen lassen. Für alle Fälle …“

Paula hat schweigend zugehört. Anscheinend findet sie die Vorstellung nicht so lustig wie wir. Schließlich schüttelt sie sogar heftig den Kopf und springt auf. „Also, ich weiß echt nicht, an was für einem Quatsch ihr gerade herumspinnt!“, ruft sie im Brustton der Überzeugung. „Von wegen Krieger und so. Tante Klementine und Sebastian Pfeffer sind bis über beide Ohren ineinander verknallt. Das sieht sogar ein Blinder!“